冷たい孤高の転校生は放課後、合鍵回して甘デレる。

Vol. 2

千羽十訊　Ill. ミュシャ

Tsumetai kokou no tenkousei ha houkago, aikagi mawashite amadereru.

Akiduki Haruka
秋月晴花
小柄ではつらつとした
クラスメイト。剣道部では
マネージャーを務める。
Uokai Keika
魚飼蛍花
紅葉の幼馴染。
要領は良くないが、真面目な努力家。
剣道部に所属している。
Fatima Kurei
ファティマ・クレイ
日本人離れした容姿を持つ転校生。
空也の告白を受け入れ、交際することに。

Karasu Kuya
香良洲空也

人間嫌いな高校２年生。
ファティマと結婚を前提に
付き合うことになった。

Narasaki Koyo
樽崎紅葉

空也の中学からの腐れ縁。
見た目は不良じみているが、
中身はお人好し。

「お、おお……蛍花ちゃん、幸せな花嫁さんがここにいるよ……」

「え、ええ……てっきり醒めた性格だとばかり思っていたクレイが、まさかこんな情熱を秘めていただなんて……」

「忘れてください！　いえ、忘れなさい！　今すぐ、即刻っ！」

「香良洲くん……
手、繋いでくださいよぉ……」

「はいはい」

「恋人握りじゃないとイヤです――……」
「とっとと寝てしまえ、この駄々っ子め」

CONTENTS

Tsumetai kokou no
tenkousei ha houkago,
aikagi mawashite
amaderaru.

GA文庫

冷たい孤高の転校生は放課後、合鍵回して甘デレる。2

千羽十訊

GA文庫

カバー・口絵　本文イラスト
ミュシャ

プロローグ

Tsumetai kokou no tenkousei ha
houkago, aikagi mawashite amadereru.

夕刻、傾くのを過ぎて沈み始めた日差しが、リビングをオレンジに染め上げていた。

（香良洲くんなら夕方ではなく、黄昏時というんでしょうね……それとも、逢魔時でしょうか）

暗い部屋の中で明かりもつけず、ファティマはそんなことを考えながら、大きな姿見を覗き込んだ。

映っているのは振袖に袴といった格好の自分。

代わり映えしない――と、いうわけではない。

服が、いつもの矢絣に無地の袴とは違っていた。

上は、舞い散る桜を控え目にあしらってあるピンクの振袖。

下は、同じく風に踊る桜花がぐるりと一周散りばめられた紫紺の袴。

右手を上げて身体を捻り、次いで左手を上げて身体を捻って着心地と見栄えを確認したファティマは、最後にくるりと一回転。

ふんわりと広がった袖と袴が緩やかに落ち、何度か揺れてから落ち着く。

と――

「機嫌が良さそうじゃないか」

「ええ、上機嫌ですから」

声を掛けてきた小縁に、ファティマは満点の笑顔と弾むような声で答える。

しかしそれも束の間、彼女は心配そうな顔となった。

「それにしても小縁さん……本当にいただいてしまってよろしいのでしょうか？　これは随分と今風な柄だと思うのですが、誰か別の方のために用意したものなのでは？」

「気に入らなかったのかい？」

「いえ、とても気に入りました。ですが、だからといって横取りしていいものではないでしょう？　なにより、小縁さんの信頼を損ねてしまいます」

勢いよく首を振ってから、ファティマは生真面目なことを言う。

その内容は小縁の好みそうなことが並んでいるが、決してご機嫌取りではない。

ファティマは、ただ本音を口にしているだけだ。

「これがあの、可愛くないファティマの孫とはねえ……鳶が鷹を生むとはこのことだよ……」

しみじみと呟き、小縁は感慨深そうに何度も頷く。

ファティマは、ファティマの孫である――などというとわかりにくいが、今目の前にいる少女は、彼女の祖母であり小縁の長年の悪友でもあるファティマから名を貰った、いわば二代目である。

その縁で小縁の養女となったファティマが、小首を傾げて問うた。

「お祖母さまも、横取りなんてしないと思うのですが……もしかして、私くらいの年頃だった時には、そういうことをしていたのでしょうか？」

「いんや。天地がひっくり返ったって、そんなことをするようなヤツじゃなかったさ——が、同じくらい、そんな風に窘めたりしなかった。あの可愛くないファティマは、もっと苛烈な言い方をしただろうさ」

小縁は、懐かしそうに目を細めた。

——お前、なにを考えているのだ⁉　そんな無法、恥を知るがいい！——

あの可愛くないファティマなら、これくらいは言っただろうか。

「話を戻すがね、それは可愛くないファティマのものさね。孫が使うんだ、文句なんて言いやしないだろうよ」

「お祖母さまの？」

怪訝そうな顔で身体を捻り、ファティマは袴にあしらわれた桜の花びらを見やった。

「ああ、無地でない袴はどうなんだってことだろう？　花火ではしゃいで焦げ穴をこしらえちまったんだよ、あの馬鹿が」

それだけで義娘の言いたいことを察したのだろう、小縁は顔をしかめて続ける。

「しかも繕いに失敗したからって、なんでうちに置いていくんだか……それはさておき、あんたは随分と振袖袴が気に入ってるだろう？　それでちょいと、現代風に穴を繕ってみたのさ」

――まったく、雑巾にしそびれちまったよ。

最後にそう付け加えて締めくくった小縁に、ファティマはくすりと笑みをこぼした。

その発言といい馬鹿呼ばわりといい、祖母を散々に言っているが……言葉の端々から、深い情が感じられたからだ。

そんな小縁だからこそ、大ファティマは孫を預ける先に推薦したのだろう。

「なんだい？　ニヤニヤと笑って」

「よくわからない技術を持っているあたり、やはり香良洲くんのお祖母さまだと思いまして」

「あの子と違って、あたしのは金を取れる技術さね――ほら、これでも羽織りな。風邪でもひかれちゃ、たまったもんじゃない」

わざとらしいしかめっ面になりながら、小縁は白い、和服用の袖がたっぷりとしたカーディガンを差し出した。

「ありがとうございます」

受け取ったファティマが、カーディガンに袖を通すのを待っていたようなタイミングで、チャイムが鳴った。

空也が、迎えに来たのだ。

第一章

Tsumetai kokou no tenkousei ha houkago, aikagi mawashite amadereru.

ゴールデンウィーク初日の夜――

遠く、祭り囃子が聞こえる夜道を歩きながら、空也は隣を歩くファティマを見やった。

煙るように輝く銀の髪、神秘的な琥珀の瞳、透き通るように白い肌と、浮き世離れしている。

つまるところいつもの彼女なのだが、立ち並ぶ屋台の明かりをバックにしたファティマの雰囲気は少し違っていた。

普段を洋風ファンタジーとするならば、今の彼女は、和風幻想とでもいえばそれらしい趣がある。

そんな、いつもと同じなのにいつもと違うファティマを見ながら、空也は口を開いた。

「勘違いをして欲しくはないので最初に言うが、とても似合っていると思う。どんな褒め言葉も無粋になるほど、綺麗だと思う。だが、その格好は正直こう……あれだ……」

言葉に迷い、言い淀む。

決して、文句があるわけではない。

初めて見る振袖も、やけに柔らかそうなカーディガンも、風に踊る桜の花びらがあしらわれた袴も、どれもこれも非の打ちようがないほどに似合っている。

だから、文句を付けるなんて罰当たりだ。

とはいえ……

「なぜ、浴衣でないのだ？」

意を決して、空也はその疑問をぶつけた。

今日は以前から約束していたデートの日、散桜祭である。

散桜祭——お帰りになる春の女神、佐保姫を盛大に送り出して、来年も来ていただこうというという神事だ。

とはいえふたりにしてみれば、そんな由来はさほど重要ではない。

重要なのは、破局の危機を乗り越えて辿り着いた初のイベントだということ。

だというのに、なぜ彼女は浴衣でないのか。

「五月も間近とはいえ夜は寒いからですよ、このご隠居剣豪」

祭りへと繰り出しているというのに、和装でもなぜ振袖袴なのか。

文句を付けられたことが気に障ったのか、ファティマはつーんと明後日の方を見ながら言い返した。

「正直自分でも、そんな感じはしていた」

ぼやきつつ、空也は自分の格好を見下ろした。

藍色の作務衣に、いつもの羽織。

老いた剣客といってこの格好を思い浮かべるわけではないが、この格好を見ると老いた剣客を思い浮かべる、そんな格好である。

今空也が着ているのは袖付きの羽織だが、袖なしのものにすれば、そのイメージの源流は明白だった。

「まさしく昨今、剣術は商売なり――浴衣を持っていればそれにしたのだが、生憎持っていないのでな。ところで、似合わんかね？」

「いーえ、似合っていますよ。それはもう、堂に入っています。いつもの羽織なのでぱっと見、代わり映えしないのが難点ですが……ああ、もう！　なんで素直に褒めさせてくれないんですか！」

「なんでといえば、あまりここで褒められると、こういうことをする余力がなくなってしまうからだ」

地団駄を踏んでまで悔しがるファティマに、空也は仏頂面で手を差し出した。

「身勝手な言い分ですまないが、男心というものを察して、機嫌を直してくれると嬉しい」

「まったく……仕様のない香良洲くんですねえ……」

軽くはいた息とともに力を抜くと、ファティマは寛容の笑みを浮かべて空也の手を取った。

「仕方ないので、旦那様の顔を立ててあげましょう」

「気の早い話だ」

澄まし顔だったのも束の間、ファティマは苦笑する空也に口を尖らせる。

「いいじゃないですか、良妻アピールしたって。小縁さんの許可は貰えたんですし」

「たしかに反対はされなかったが……許可というほどのものでもなかったと思うのだがなあ……」

「反対はされなかったんですから、現時点では賛成してくれていると思いましょう。それにしても——」

先日、小縁に婚約の許可を願い出た時のことを思い出しながら、ファティマは不思議そうに問うた。

「それにしても香良洲くん。もしかしてフェアだと思われるのがイヤなんですか？」

「別にそんなことはない。不誠実な人間だと思われるよりはずっとマシだ。ずっとずっとマシだ」

そう答える空也の顔は、どこか嫌そうだ。

本人もそれに気づいたのだろう、小さく息をはいてから続ける。

「……アンフェアを、それ以上の卑怯卑劣で叩き潰さねばならんこともある。そんな時に為す術もないと思われたくない」

「香良洲くんには似合いませんよ、そういうの」

妙に重く言う空也に、ファティマは真剣な面持ちで答えた。

「男子たるもの清廉潔白にして正々堂々であれ、なんてことは言いませんし……そりゃあ、正しさを捨ててでもという場合もあると思いますけど……」

とはいえすぐに、彼女は尻すぼみとなった。

どうやら理屈を捏ねている間に、自分の言いたいことがわからなくなってしまったらしい。

「………」

どうにも釈然としない面持ちで沈黙したファティマは、いきなり近くの出店にあったアメ細工を買い求めた。

青く透き通るアメでバラを象ったものをふたつ買った彼女は、ひとつを空也に差し出す。

「どうぞ、私の奢りです」

「ああ……うん……ありがたくいただこう？」

脈絡なんてまるでなさそうな彼女の行動に困惑しつつ、空也はそれを受け取った。

（どういう意味だ、これは……もしかして、青い薔薇というものについての講釈を求めているのか……？）

「………」

悩む彼を尻目に、しばらく無言のままちろちろと舌先でアメを舐めてから、ファティマはようやく口を開いた。

「似合いませんね、やっぱり」

「……ファティマ。主語がないと、どれについてのことかわからないのだが」

なにしろ『青いバラ』、長年研究開発されながらも誰も成功せず、遺伝子組み換えの登場によってようやく生まれたという経緯のある花である。

それだけに、見出された意味合いも多い。

（かつては『不可能』、『存在しないもの』。今は『奇跡』、『神の祝福』、『夢がかなう』だったか……それに加えて、薔薇それ自体の花言葉もあるな）

青いバラのアメ細工を睨みつつ、空也はさらに考えを巡らせた。

バラがとかく演出の小道具として用いられるのは、伊達ではない。

本数にすら意味があり、一本なら『あなたしかいない』、『一目惚れ』、二本なら『ふたりだけの世界』、果ては九百九十九本で『何度生まれ変わってもあなたを愛する』と、もはや花屋の策略を疑うほどにある。

（ファティマは一本渡してきたが、持っていたのは二本……どちらも当てはまる。いや、二本の意味を分け合うという可能性もあるか……？）

果たして彼女は、どれについて言及したのか。

（しかし、『似合わない』だからな……高確率で俺は傷つく……）

ならばこそ彼女はこんな回りくどい方法をとったと思えば、嫌なことだが辻褄は合ってしまう。

「なにを考え込んでいるんですか、香良洲くんは……」

じっとアメ細工を見て沈思黙考をする空也へと、ファティマはジト目を向けた。

「あなたにアンフェアは似合わないという私の結論が、そんなに気に入りませんか？」

「……まぎらわしい真似を……」

どうやら彼女は先の会話をうやむやとするためにアメを買ったのではなく、単になんとなく買っただけだったようだ。

そう判断した空也は、肩の荷を下ろしたような顔になった。

そしてファティマは、呆れ顔になった。

「アメひとつに深慮遠謀を求められても困りますよ、もう……」

綺麗だったから買っただけなのだ、本当に。

なのに無駄に博識な空也のことだ、きっとその知識の限りを尽くして盛大に空回りしていたに違いない。

ぼやいたファティマを、虫眼鏡よろしく掲げた半透明のバラ越しに透かして見ながら、空也は心外とばかりに片眉を上げた。

「記念すべき、お前から初めて貰う贈りものだ。深い意味を求めたくもなろうよ」

「香良洲くんは妙にロマンチストというか……ぶっちゃけ、少女趣味なところがありますよね……」

今回の件のみならず、一緒に料理したのも空也が言い出したことだし、夜桜の下を大正浪漫な格好で歩いたのも、空也の発案によるものだ。

とはいえ、それが嫌だというわけではない。

なんでもかんでもロマンチック、いつでもどこでも少女趣味というのなら考えものだが、彼は時折だ。

要所要所でそういう面を見せ……ここぞという時には、ひどく男らしいし頼もしい。

それは過日、ファティマが出せなかった別れるべきという結論を、彼が断固たる決意で出した時のことであり。

それは先日、小縁に報告した時のことでもある。

──四月下旬。

春らしく麗(うら)らかな──と、呼ぶにはいささか強い日差しが差し込む久礼(くれい)宅のリビングで正座する空也は、不安そうな声を出した。

「ファティマ。もっとこう……白い方がよかっただろうか？」

尋ねる彼の服装は、白いシャツにカーキ色のカーゴパンツというものだ。

普段に比べてかなり白に寄せた配色だが、本人としてはまだ不足、それこそ死に装束よろしく白くしたいらしい。

「香良洲くん……切腹でもするつもりですか？」

答えたのは、彼の隣でやはり正座しているファティマだ。

空也との続柄的には、彼の祖母の養女なので義叔母にあたり、関係的には恋人――を通り過ぎて、婚約者である。

（厳密にはふたりでそういう約束をしただけで、婚約関係というのとはまた違うんだが……）

空也の内心での呟き通り、ふたりでそういう約束を交わしただけである。

それ以上のことは、これからだ。

「……ファティマよ。なぜ腹を切るのか、知っているか？」

「そんな理由は知りませんし、なんで今、そんな無駄知識を語り出すのかもわかりませんよ……」

無駄知識を披露するのは空也の常で、ファティマには慣れたものであり、そもそも別段嫌いなことでもない。

それどころか、むしろ好きだ。

彼の穏やかな声も、ゆったりとした口調も、ちょっと得意そうな顔も、どれもこれも心が温かくなるものがある。

　とはいえこの状況でとなれば、さすがにイラっとくるものがあった。

　そんな彼女の内心に気づく余裕もないのか、空也は緊張に強張った顔で前を見据えたまま、続ける。

「腹蔵なく、腹黒い、腹を割って話す。日本では腹に心があると考えていたからこそ、そういう言い回しが生まれたわけだ。だから腹を切るというのは、行ったことの是非はさておき、それを成した心に曇りはないと示すためだったわけだな。死ぬことに、さほど意味はない。まあ、死んででも己が心を示そうとしたと考えれば意味があるのやも知れんが」

「……その心は？」

「腹をかっ捌いて心を見せれば、祖母ちゃんを説得できるのではなかろーか」

「冷静に錯乱しないでください、お願いですから」

　深くて重い溜息をつき、ファティマは懇願した。

　冷静な空也がパニックを起こすところなど初めて見るが、どうやら彼は、混乱してもぱっと見は変わらないようだ。

　なんとなく彼らしいとは思うが、紛らわしいことこの上ない。

「それで、香良洲くん。小縁さんを説得する方法はあるんですか？　無論、腹切り以外で、です」

「うん。結局、単刀直入に言おうと思う」

改めて口を開いたファティマに、空也はそう答えた。

「俺程度の浅知恵が通じる祖母ちゃんではない。それに……」

彼は言葉尻を迷わせると、視線を中空にやってから続ける。

「お前の義母相手に、不義理な真似はしたくない。たとえそれで許可を得られなくても、ここは筋を通すべきだ」

「香良洲くんは、真面目ですねえ……」

呆れた声とは裏腹、ファティマは口元に手をやると、楽しそうな笑みをこぼした。

大切なところだからこそ誠実であろうと、フェアであろうとする彼の振る舞いは、実に好ましい。

「俺が真面目だなどと買い被られても困るので、正直に告白するが――」

隠しきれないくすくす笑いを漏らすファティマをちらりと見ると、空也は憮然とした。

「祖母ちゃんに小細工が通用しないのは先に言った通り。そしてそういった真似を、祖母ちゃんはひどく嫌う。計算の結果、直球勝負が一番いいと判断したのだ」

「そうですかー。ところで香良洲くんなら、理屈と膏薬はどこへでもつくって言葉、知ってますよね？」

ますます笑いを深める彼女とは対照的に、空也は渋柿でも食べたような顔になった。

「そんなに俺が、お手上げだから真っ向勝負を選択したということにしたいか……」

「いえいえ。あなたはこういう時、ちゃんと正しくあれる人間だと確信しているだけですよ」

「…………」

澄まし顔でさらりと返すファティマに、空也は今度こそ黙り込んだ。


「待たせちまったね」

そんな第一声とともにリビングに入ってきた小縁は、座布団に正座した。

そう、正座した——さすがは空也の祖母といったところか、それともこの祖母にしてこの孫ありなのか、恐ろしく綺麗な所作で。

そして姿勢も美しい。風格たっぷりに背筋を伸ばすその佇(たたず)まいは、見ている側すら自然と襟(えり)を正すほどだ。

「それで、改まって話ってなんだい？」

促され、ファティマは切り出そうとした。

空也と自分の婚約を認めてほしいと、義母に言おうとした。

彼がガチガチに緊張しているのだから、ここは自分がと思い、そうしようとした。

「————ぁ……」

そこでようやく、ファティマは自分も緊張していることに気づいた。

さっきまではそうでもなかったのに、小縁を前にした途端、呂律が回らなくなるほど身体が強張ってしまっていた。

婚約を、切り出す？　彼の祖母で、自分の義母で、威風凛然としたこの女性に？

――告白しようとして気絶した空也を初心などと思っていたが、とんだ勘違いだ。

事は人生の一大事、とても重要なことで、とてもとても大切なこと。

意識するほどに緊張は高まり、呼吸すらおぼつかなくなる。

（つまり香良洲くんにとってあの告白は、これと同じほどに大切なもので……ああ、ダメだ。意識が逃げてる……）

緊張から逃れようと脳が勝手に違うことを思考し始めたことを自覚して、ファティマは意識を引き戻そうとするが、うまくできない。

むしろ一層散り散りとなり、事前にああ言おう、こう言おうと思っていたことも思い出せなくなる。

と――隣に座る空也が一瞬だけファティマの手を握ってから、口を開いた。

「は。お祖母さまにおかれましては、本日もご機嫌麗しゅう」

「……藪から棒に、なにを言い出すのやら……」

小縁はとってつけたようなセリフとともに頭を下げた空也を胡乱げに見ながら、胡散臭そうにぼやいた。

ファティマもそうしたかった。

「これは手厳しい」

まったく微塵もさっぱりそうは思ってない調子で応じた空也は平伏したまま、脇に置いてあった品物へと手を伸ばした。

風呂敷と呼ぶのは躊躇われるほど、上等な布で覆われた小箱である。

相変わらず平伏したままそれに手をかけた空也は、床を滑らせるようにして小縁の前へと差し出した。

「山吹色の菓子でございます。ささ、どうぞお納めください」

言葉がないのか気力がないのか、いずれにせよ黙ったまま、小縁は小箱を覆う布を外す。

パッケージに小判を思わせる黄金色で、『山吹色のお菓子』と大書してあったからだ。

小縁は、箱を開ける前に呟いた。

「……山吹色のお菓子だね」

「それで、あー……ちょっと待った方がいいかい？」

「いえ、お気になさらず」

「待った方がいいと思うんだがねえ……」

小箱へと視線を落としていた一瞬で空也にヘッドロックをかけていた義娘を見ながら、小縁はそっと溜息をついた。

「……それじゃあ、ファティマ。あんたに聞くとするよ――改まって話ってなんだい？」

間の抜けた茶番はなかったことにして、小縁はもう一度、同じ言葉を口にした。

「ファティマ、祖母ちゃんはお前をご指名だ。俺をいたぶるのをやめて、祖母ちゃんの問いに答えるがいい」

まるで手品のようにするりと拘束から逃れた空也は、座り直してファティマを見る。

「もう、できるだろう？」

「……手段は選んでくださいよ、もう……」

呆れ顔で微笑むという器用な真似をしながら、ファティマは口を尖らせる。

この度し難い茶番は、どうやら自分のために空也が打ったものだったらしい。

なるほど、その効果は覿面で、すっかり緊張なんて消し飛んだ。

ありがたいし、感謝もする。

だが、もうちょっとこう……マシな手段はなかったのだろうか。

「次からはそうする。こんな場面で、まさかヘッドロックされるとは思わなかった」

少しだけ恨めしそうに言う空也へと、今度こそ素直に微笑んで、ファティマは小縁に深々と頭を下げた。

「お義祖母さま。お孫さんと私との婚約を、お許しください」

完全に言えたという確信があった。

心の底から本気で、一片の偽りもなく、誠実に言葉を出せたという自信があった。

これ以上はない、まさに会心の一言。

それでも……恐怖はあった。

まだまだ子供の自分がこんなことを言うなど、おこがましいにも程がある。

小縁に鼻で笑われても仕方がない。

しかし小縁は真剣な気持ちを感じ取ったか、笑い飛ばしたりはしなかった。

極めて真摯な面持ちで頷くと、短く答える。

「いいよ」

「……えーっと……」

ファティマは耳を疑った。

認められるにせよ、認められないにせよ、なんらかのイメージはあった。具体的にではないが、漠然とした、小縁らしい回答の予想があった。

けれど……こんなあっさりとした回答だけは、想定していなかったのだ。

「なにさね、鳩が豆鉄砲を食ったような顔して」

よほど変な顔をしていたのだろう、小縁はなにもかも吹き飛ばすほど小気味良く呵々大笑してのける。

「学校を辞めて花嫁修業したいとか、トンチキな続きがあるわけでもないんだろう?」

「え、ええ……もちろん……」

それこそ清水の舞台から飛び降りる覚悟で臨んだというのに、わずか一言で終わってしまったファティマは、間の抜けた声を出した。

「ならいい――いやあ、うちの孫は変人だからね、正直心配していたのさ。欲しいってんなら、熨斗をつけてくれてやるとも」

「そうか。俺はこんな妖怪ババアがいるせいで、生涯独り身だろうと思っていたのだがな」

「あー……香良洲くん？」

悪態の応酬を開始した小縁と空也を見かねて、ファティマは口を挟もうとした。

なにしろつい先日、小縁の孫自慢を聞かされたばかりだし、空也が祖母を強く敬愛していることは、見ていればわかる。

こんな仲を違えるような真似は、してほしくない。

そう思ったのだが……

(傍迷惑な信頼関係ですねえ……)

このふたりは、それが決して本音ではないことを理解した上で、悪口を言い合っている。

言葉の奥底には揺るがぬ信頼があり、強い家族の絆がある。

それを感じたから、ファティマは仲裁なんて野暮をやめたのだ。

「ところで祖母ちゃん」

一方空也は彼女に心配をかけたことを察したか、ぴっと背筋を伸ばすと改めて口を開いた。

「なんだい？　空也」

「――お嬢さんと俺との婚約をお許しください」

つい先ほどファティマが口にしたものと同じ言葉を口にして、折り目正しく、深々と頭を下げた。

非の打ちようのない、完璧な所作だった。

が――

「は？　餓鬼が寝言をほざくんじゃないよ」

小縁は一笑に付した。

犬を追い払うように片手を振りながら、彼女は継ぐ。

「顔を洗って出直してこい」

「ふむ……」

手酷く断られた空也は、顔を上げて腕を組むと、重々しく頷いた。

「どうしたものかな、ファティマ。祖母ちゃんの許しを得られないのだが」

「そうですかー。お腹でも切ればいいと思いますよー」

孫と祖母のコミュニケーションは、どうやら終わっていなかったようだ。

にこやかに空也をあしらって、ファティマは腰を浮かせる。

お菓子があるのだからお茶でも淹れて、ふたりの茶番を観劇しながら一服するのも悪くない。

（……あっれぇ……？）

思い返していたファティマは、首を捻った。

――おかしい。

記憶の中の空也は、全然男らしくも頼もしくもなかった。

いつものように超然としていて、相変わらずわけがわからなくて、そして……当たり前のように気遣ってくれている、普段通りの空也だった。

（……それまでなんともなかったのに、小縁さんを前にした途端あがっちゃった私の手を握ってくれて……）

直前まで、緊張して固まっていたのは空也だった。

みっともないほど強張って、思考すらうまくできていなかったのは、彼の方だった。

なのにいざ本番となってみれば、彼が前面に出て話の口火を切っていた。

それは空也が本番に強いタチということなのか、それとも行動不能となっていた自分のために、意地を張ってくれたのか……

（後者だと思うのは、贔屓(ひいき)のし過ぎかなあ……）

青いバラのアメ細工をちろりと舐めつつ、ファティマは隣の空也へと目をやった。

その視線の先で——

「ああっ⁉」

風情もへったくれもなくアメ細工に嚙(か)みつく空也を見て、ファティマはぎょっとした。

「なにいきなりかじってるんですか⁉」

「思い切っていかないと惜しくて食べられんのだ、この手のものは」

彼女の抗議などどこ吹く風か、空也は快音を立てて青いバラを真っ二つにした。

そして、情けない顔になった。

「……ファティマ。ソーダ味ではないぞ、これ……」

「そりゃあブルーハワイ味ですから。ソーダ味だったら違法でしょう」

ジト目になりつつ、ファティマは嘆息した。

——本当に、香良洲くんときたら……

ちょっとくらい甘い気分に浸らせてくれてもいいのに、すぐ雰囲気を台無しにする。

「別に違法ではないぞ？　なにせブルーハワイ味に明確な規定はない。せいぜいがブルーっぽい味というくらいだろうよ」

「ブルーっぽい味って……随分と特殊な感性を発揮してくれますね……」

空也の用いた奇妙な表現に、ファティマは絶句した。

赤っぽい味ならば、なんとなく辛いのだろうなと想像できる。

だが、ブルーっぽい味とはなんなのか。しかもその表現を使うのが空也となれば、青っぽい味とはまた別ものだろうし、蒼っぽいとも碧っぽいとも違うだろう。

ともあれ、ブルーっぽい味となると……

「……ん～……」

ちろちろとブルーハワイ味のアメを舐めつつ、ファティマは考える。

鼻にすっと抜けるミント味のような気もするし、ソーダ味もそうな気もするが、どちらも微妙に間違っている気もする。

「香良洲くん。参考までに、ブルーっぽい味のする食べものをひとつ」

「ふむ……たとえば、そう……」

問われた空也は、半分になった青バラをくるくると回しつつ中空へと視線をやった。

「……まあ、たしかに、憂鬱になる味ともまた違うし、ブルーっぽい味とはなんぞやと聞かれても困るな。ならばなるほど、ブルーっぽい味というのは、特殊な表現なのやもしれん」

「でしょう？」

同意に笑みを返しつつ周囲を見回すファティマに、空也は片眉を上げて尋ねた。

「なにかお目当てのものでもあるのか？」

「香良洲くんとのデートを、気兼ねなく楽しめるようになるアイテムを」

「スフィンクスの謎かけでも、もう少しわかりやすいと思うぞ」

謎めいた彼女の答えに空也が顔をしかめるより早く、ファティマは探しものを見つけたらしい。

彼女は空也の羽織の袖をつまむと、子供のようにちょいちょいと引っ張りながら、ある店を指さした。

「あれです、あれ」

「……先の質問の答えがあれだというのは、理不尽にも程がある」

彼女の示した出店に並ぶ商品――お面の数々を見ながら空也は呻いた。

「初歩的な推理ですよ、香良洲くん」

空也がわからなかったことにご満悦らしく、にこにこと笑いながらファティマは品定めを開始する。

「ワトソン君は海より広い心を持つ、聖人君子だったんだなあ……」

愚にも付かないことを言いながら、空也は彼女の横顔を見ていた。

あちらこちらに目を向けると、ほんの少しだけ顔の角度が変わる。

たったそれだけのことなのに、どうしようもなく見惚れてしまう。

「どうしたんですか？　じっと見つめて」

じっと見つめる視線に気づいたのだろう、彼女は横目でこちらを見ながら、わずかばかりの恥じらいを浮かべて微笑んだ。

「……言葉にしては無粋になる、勘弁してほしい」

柔らかく苦笑しながら、空也は小さく首を振る。

――綺麗だから目を奪われた。

――可愛いから見惚れていた。

そう言ってしまっても、決して間違いではない。

間違いではないのだが、それだと今感じていたものを、矮小化してしまっている気がする。

「……いっそ、頭突きかなにかで想いの全てが伝わればいいのだが」

「なんですか、その乙女チックな暴力思想は……」

しみじみとした口調で奇怪なことを言い出す空也に呆れ顔をしてから、ファティマは、ひとつの面を手に取った。

キャラクターものではない、古式ゆかしい狐の面だった。

「香良洲くん」

その面で口元を隠し、上目遣いで空也を見ながら、ファティマは続ける。

「これ、プレゼントしてください」

「言いたくはないが――断る」

あざとい仕草で可愛らしいおねだりをされた空也は、この出店のお面を全て買い占めたくなる衝動に抗い(あらが)ながら答えた。

「そんな取りつく島もなく……お財布に優しいお手頃価格のおねだりですよ？　いいじゃないですか、買ってくれたって」

わざとらしい拗ね(す)顔で財布を取り出すファティマを見つつ、空也は嘆息する。

「……本当に頭突きかなにかで、想いが伝わらないものかな……」

「香良洲くん。本当に頭突きかなにかで思考が伝わったら、人類の文化は味気ないものになってしまいますよ」

「わかってはいるのだがね……」

妙に年上振った物言いをするファティマに、笑みをこぼした。

詩や歌や言い回しといった言葉を媒介にするものに限らず、曲や絵といったものも含めて、なにかを伝えるために試行錯誤を繰り返し、手を尽くして知恵を絞って発展してきたものだ。

しかしそれが、頭突きひとつで解決するとなれば……

「……存外、ビジネスにおける頭突きの作法とか、裁判で尋問しつつ物理的にノックダウンし、不利な証言をさせない弁護テクニックとかが発展するやもしれん」

「斜め四十五度で頭突きすれば、香良洲くんの頭の配線、少しはまともになりますかね？」

無駄に前向きな想像力を発揮した空也に前時代的な毒を吐きつつ、ファティマは買ったお面をかぶった。

ただ、普通に顔を隠すようにではなく、髪を隠すように、だ。

「……その心は？」

「ちらちらと視線を感じて、鬱陶しいんですよ。私は、あなたとのデートに集中したいんです」

「それは悪かった」

心当たりのあった空也は、素直に謝った。

彼女の髪は冷たさより柔らかさを思わせるような、いっそ霊妙と呼びたくなるほど美しい銀色だ。

それが今は、夕日や祭りの提灯の光を受けて不可思議な色合いとなっている。

彼女自身の表情も魅力的だがそんな髪もまた捨てがたく、空也は度々目を奪われていたのだ。

「……頭突きかなにかで、想いが伝わらないものでしょうか……」

生真面目に的外れな謝罪をした空也を、ファティマは横目で睨む。

どうして空也の視線を鬱陶しいと感じるなどと思うのか……

「お前のそれは、俺の頭に斜め四十五度から頭突きして、思考矯正しようとしている顔だな？」

冗談めかして言う空也の目線に促され、ファティマはつーんとそっぽを向きながら歩き出した。

「お望みとあらば、して差し上げますとも」

「まあ、それはまたの機会にとっておくとして——」

しかし、歩いたのは大した距離ではなかった。

わずか数店通り過ぎたところで空也が足を止めたからだ。

「初めてのプレゼントだ、その場限りのものではなく形が残るものにしたい。そこで、こんなものはどうだろう？」

そんな彼の隣に立ったファティマは、少し身をかがめて並べられた商品をざっと見渡してから空也へと視線をやって、からかうように言う。

「懐中時計を売り払ったんですか？」

「あれに思い出はあっても金銭的価値はないよ。少なくとも、お前の髪ほど高くは売れない」

そう言うと思ったとばかりに、空也は軽く肩を竦めた。

なにしろ出店の縁台に並べられた商品といえばいかにも安物が並んでいそうなイメージだが、この店は違ったのだ。

縁台にはまるで野外のお茶会のような、ただし赤ではなく紫の毛氈が敷かれている。

そこに並べられた商品も、所狭しにずらりとというわけではなく、ひとつひとつがたっぷりとスペースをとって並べられていた。

この時点でもう、他の出店と一緒にしてもらっては困るという、店主の主張がわかる店構えだが……売られているものを見れば、それも納得だった。

細やかな細工が施された、金属製や木製のアクセサリー。

宝石どころかビーズやガラスといった派手な飾りはほとんど使わず、小粒のものを控え目に添えるというデザインが、質素な美を引き立てている。

どれもこれもこんな場所には不釣り合いな、高級店の陳列棚が似合いそうなものばかりだ。

「背伸びはいけないですよ、香良洲くん」

ファティマは、微笑んで首を振った。

たしかに綺麗なアクセサリーで、買ってくれるというのなら買ってもらいたいと思う。

だがこれは……どう考えても高そうだ。値札がついていないあたり、恐怖すら感じる。

空也が全財産をはたけばひとつくらい買えるのかもしれないが、そんな無理をしてなんの意味があるというのか。

それでも未練がないといえば嘘になるが、そんなものはおくびにも出さずにファティマは続けた。

「気持ちだけで――」

「こんばんは、親父さん。売れ行きはどんなものかな？」

「なんでえ、空悟の孫か。つまんねえこと聞くんじゃねえよ。客の相手したくねえから売れそうにねえモン選りすぐって――……」

やんわりと断ろうとしたファティマを余所に、空也は顔見知りだったらしい店主と会話を始めていた。いや、始めたのだが、即座に途切れた。

老境の店主が、ファティマを見て愕然となっていたからだ。

「……おい、空也。えらい別嬪さんを連れてるが……」

「うん。大ファティマの孫にして、現在は祖母ちゃんの養子であるその別嬪さんに、贈りものをしたくてね。少し、見せてもらっていいだろうか？」

　空也の祖父の名を口にし、ファティマを見て驚いたということは、大ファティマのことを老人は知っているのだろう。

　かといってその話をするつもりはないらしい空也は手短に済ませて、ファティマを見やった。

「勝手に紹介してすまん。こちらは祖父ちゃんの友達で……なにをやってるひとだったかな？」

「こういう細工ものだな。とはいえそれだけじゃ食ってけねえんで、刺繍だの小さい部品のオーダーメイドもやっとるわ」

「と、まあ、細かい作業なら大抵やってくれる御仁だ。取り扱いジャンルが金工と木工と刺繍というのもわからない話だが、腕はいい」

「……わからないのは、香良洲くんの人間関係です……」

　呻いてファティマは、額に右手の指を当てた。

　祖父の友人と面識がある程度ならまだわかるが、こうも世代の違う相手と気安い関係を築いているというのは、どういうことやら。

（まあ……らしいといえばらしいですし、香良洲くんはお年寄りに可愛がられる性格のような気もしますが……）

空也は取っ付きづらいタイプだが、それは若者の視点というもので、老人たちからすれば昔馴染みの偏屈さなのだろう。

それに、古風な趣味に付き合える若人（わこうど）という側面もある。

総じて言えば、一度縁さえできてしまえば仲良くやっていける相手といったところか。

「年寄りの長話に付き合ってくれるヤツってのは、ありがてぇモンなのさ。もっとも、いい若いのがそんなことやっててどうすると言いたくもなるがよ」

「その反動か、私相手だと結構お喋（しゃべ）りです、香良洲くんは」

「空也、そいつはいけねえよぅ。ちゃんと話を聞いてやらねえと、捨てられちまうぞ？」

「別に捨てはしませんよ？　――縛って猿ぐつわして、おとなしく私の話を聞いてもらうようにする可能性はありますが」

「おう、やっちまえやっちまえ」

「……そういうことで意気投合しないでくれ……」

自分を悪く言うことで盛り上がるふたりに、空也は頭を抱えた。

「それよりファティマよ。なにか気に入ったものはあったか？　友人特価で、安く売ってくれるそうだ」

「しみったれてるなあ、お前さんは……」

仕返しにしてはセコいことを言う空也に、老人は苦笑した。

「まあ、いいさ。安くしてやるよ。友人特価なんてモンは知らねえが、おれの細工が映えそうなのに使ってもらえるなら、職人冥利に尽きる――年を取るってのも悪いことばっかりじゃねえな。昔は金がなきゃやってられなかったが、今はそういった金にもならねえモンを優先できる」

「悪いが、金を積んで無粋な仕事をさせるような知り合いは紹介できんぞ」

「一度はやってみてえんだがなあ……成金の野暮天を蹴っ飛ばして、金にもならない仕事を受けるってえのをよう……」

「……なるほど、香良洲くんの友人ですね……」

いかにも頑固な職人めいたことを口にした老人に溜息をついてから、並べられた商品を改めて見渡した。

本当に、どれもこれも見事なもので感嘆の息が漏れてしまう。

そんなものを自分がつけるとなると気後れしてしまうが、ここで断るのは空也にも老人にも悪い気がする。

さて、どうしたものか――

「――あ……」

悩みながら見ていたのに、その悩みが消し飛ぶほど目を惹くものがあった。

――鮮やかな朱色の布。

髪に飾るリボン用と思しきそれは、白い糸で枠のような細やかな刺繍が施されていた。

ただそれだけの、素朴なものなのだが……その素朴さこそが、他のアクセサリーより素敵に見えたのだ。

「親父さん。そこの布をもらえるかな？」

見入っていたのだろう、空也はファティマがなにを言うまでもなくそれを頼んだ。

「なんでえ、これは？」

言葉と同時に空也が出した紙幣を見て、老人はきょとんとした。

「日本最強の紙幣、一万円札だ。よもや初めて見たというわけでもあるまいに」

「そりゃあ初めてのはずがねえだろ。安くしなくても一万もしねえモンに、一万も出すヤツがあるかってんだ。それともあれか？　細かくしてえから崩せって意味か？」

「…………」

「俺がアクセの相場を知ってる男に見えるか？　安くなっても五千以上すると思ったんだが」

堂々と言い切った空也にお釣りを渡し、老人はなんとも言えない顔となってファティマを見た。

「……お嬢ちゃん。財布の紐はしっかりと握っておきな。コイツは適当に金を使って破滅するタイプだ」

「……そうですね」

実は自分もそれくらいすると思っていたなどという内心は隠して、ファティマはもっともらしく頷く。

「親父さんの仕事を正当に評価したつもりだというのに、ひどい言われようだ……」

「そいつは嬉しいがね……まったく、困ったヤツだ」

ぶすっと不貞腐れる空也に老人は苦笑したが、ファティマは楽しそうに、ころころと鈴を転がすような笑みをこぼした。

「困ったことに、そこも香良洲くんのいいところです」

「ああ、もう……全身がこそばゆくなってくるな、お前らは」

盛大にしかめっ面を作った老人は、朱色のリボンを包装せず、そのままファティマに渡した。

そしてそれから、意味ありげな視線を空也へと向ける。

「？　……ああ、なるほど」

老人の意図を察し、ファティマは空也に向き直るとリボンを差し出した。

「香良洲くん。つけてくれますか？」

「その前に、先の暴言に対する謝罪を要求する」

「男の度量で呑み込んでください、そういうことは」

文句をつける空也を笑みでいなし、ファティマは弾むような足取りで背を向ける。

「ほらほら、結わえてくださいよ。ね？」

「…………」

（……素晴らしく舞い上がってるなあ……）

元々機嫌を悪くしていたわけではないが、自分のプレゼントでこうも嬉しそうにしているファティマを見ていると、その振りをしていることすら馬鹿らしくなってくる。

「わかったから、おとなしくしてくれ」

気を引くように、クリップでまとめた髪をぴょこぴょこと揺らすファティマを落ち着かせると、空也はしばしリボン片手に考え込んだ。

（……リボンというのは、どう結べばいいのだ……？）

――いや、それだとファティマには派手すぎる気がする。

形に気を遣った蝶結びでいいのだろうか。

なんというか、調和が取れない。ファティマにはもっとこう……

「……むぅ……」

あれこれイメージしていると、肩越しにこちらを見ているファティマと目が合った。

ひどく柔らかく微笑まれる。

「…………」

それでヴィジョンが浮かんだ空也は、ようやくリボンを彼女の髪に飾り付けた。

蝶結びだがあまり蝶らしくない、ふんわりと垂れ下がるような形に整える。

「似合っていますか？」

「うん、いいな。実にいい」

尋ねられ、空也は満足そうに頷いた。

「バレッタとか簪（かんざし）をと思っていたが……こうしてみるとお前にはそういった硬質なものより、布みたいに柔らかいものの方が似合うと感じる」

「あなたがそう感じるのなら、このリボンを選んだのは正解だったようですね」

空也がそう思う理由――柔らかい微笑を深めて、ファティマは照れくさそうにそう言った。

「それじゃあ、行きましょうか」

「ああ、そうだな――それでは親父さん、また今度」

「おう」

老人に手を振り、再びふたりは歩き出す。

ただ、神社の方へではない。

ごく自然に、帰る方へと足はそろって向いていた。

「少々早いような気もするが……」

「随分人出が増えてきましたしねえ……」

示し合わせたわけでもないのにそうなったことがおかしくて、ふたりして笑みをこぼす。

ややの間そうしてから、ファティマはついっと片手を持ち上げた。

「手を繋ぎませんか？　香良洲くん」

「俺も、そうしたかった」

頷き、空也は差し出された手を取って、

「――お、おい⁉」

焦った声を上げた。

普通に手を繋ぐつもりだったのに、ファティマが互いの指を絡める繋ぎ方、いわゆる恋人繋ぎをしてきたからだ。

「前々から思っていたんですが、香良洲くんの手の平って、妙な感じにごつごつしてますよね。薬指と小指の付け根とか手の平の親指の反対側とかピンポイントでカチコチで、他はふにふに柔らかいです」

慌てる彼など素知らぬ様子で会話を始めようとするファティマの頬は、赤らんでいる。

（まったく……）

なにがまったくなのかはわからないが、それしか言葉が見つからず、空也は胸中でそうぼやいた。

恥ずかしいのならしなければいい、などとは思わない。

普通に繋ぐより近くなった距離が恥ずかしいし照れもするが、心地よくもあったからだ。

だから手はそのままで、空也はファティマの疑問に応えた。

「中学は剣道部だったんだよ。竹刀を振っていると、そういう風にタコができるものなんだ」

「――っ……」

珍しく過去のことを口にした空也に、ファティマは少しだけ緊張する。

詮索しないという暗黙の了解は、もうなくなっている。

だがやはり、過去に触れるというのは身構えてしまう。

「なんというか……香良洲くんらしいですねえ……」

それとは裏腹に、セリフはあっさりと出た。

「そうか？　俺は囲碁とか将棋とか、そういった知的なものが似合う男だと自負しているのだが……」

続く空也も、なんでもないことのように会話を継ぐ。

そのお陰だろう、緊張が抜けるのを感じつつ、ファティマは軽口を叩いた。

「それも似合いますが、そういう静かな路線ならそう……盆栽の方がもっと似合います」

「盆栽はわからんなあ……」

あまりと言えばあまりな意見に、空也は苦笑した。

「知っていれば連休中に盆栽のよさをじっくり教えてあげられたのですが、生憎私もわかりません。いっそふたりで調べてみますか？　盆栽について」

「長い連休、一日くらいはそういう日があってもいいとは思うがね。そればかりというのは、さすがに御免被る（こうむる）」

「私だってイヤですよ。それよりもっとこう、恋人らしいことをしたいです」

そんな、しようのないことを話ながらふたりは帰宅し……

こうやって、ゴールデンウィークは始まったのだ。

第二章

Tsumetai kokou no tenkousei ha houkago, aikagi mawashite amadereru.

――ゴールデンウィークは終わった。

「……おかしい……」

朝日が差し込む部屋の壁に吊(つ)るされたカレンダーを睨(にら)みつつ、ファティマは愕然(がくぜん)と呻(うめ)いた。

何度見てもゴールデンウィークは過ぎ去っており、今日から登校しなくてはならない日付である。

久礼(くれい)家の習慣として、休日だろうと起床時刻は変わらない。

そのせいでなにか勘違いしているのではと思って携帯の日付を確認しても、やはり今日から学校である。

「なんというか……理不尽です……」

時の流れに文句をつけながら、ファティマは着替え始めた。

「おはよう、ファティマ」

「おはようございます、香良洲(からす)くん。小縁(こより)さんも、おはようございます」

着替え終えて階下に降りると、もう来ていた空也が台所に立っていた。

いつものフリルのエプロンの下は私服である――などというボケをかますことなく、きっちりと制服を着用している。

つまり、今日から学校ということに折り合いをつけているのだと思われるが、感情みの薄い表情からは窺い知れない。

「ところでファティマよ。こんな話を知っているか？」

「ちょっと待ってください」

手早くジーンズ地のエプロンをつけつつ、ファティマは台所を見渡した。

――炊飯器、よし。味噌汁、よし。相変わらずのシャケ、よし。

（シャケは……油、フライパン。バターにお酒、みりん、ポン酢しょうゆ……）

シャケをどう料理するのかも把握してから、ファティマは冷蔵庫を開ける。

（お野菜は……昨日作っておいたホウレンソウのおひたしだけでいいですね）

「シャケは私が焼きましょう。タレはあなたが作ってくださいね」

フライパンに油を引いて、コンロを着火。

「それで、どんな話ですか？」

「二〇一〇年頃のことだ。イタリアのシチリア島で、デジタル時計が片っ端から狂うという怪事件があってな……」

「……続ける前に、あちらのテレビをご覧ください」

あえて無表情で、ファティマはリビングのテレビを指さした。

丁度天気予報が、今日の日付入りでやっていた。

「……見たくないなあ、現実……」

「ええ、まったくです」

軽い失望を滲ませて嘆息する空也に、ファティマは心の底から同意した。

「それで、話のオチはなんなんです？」

「実話にオチを求められても困るが……」

ファティマがシャケを焼く準備を整えているのを見て、空也はタレの作成に取りかかった。

計量カップも使わず、目分量だけで酒とみりん、ポン酢しょうゆをひとつのボウルに入れてかき混ぜる。

「実際より表示時刻が進んでな。遅刻者がいなくなったことでそれが発覚したそうだ」

「そんな理由で発覚することにツッコミを入れるべきか、ラジオとかテレビとかとのズレでわからないのかとツッコミを入れるべきか、悩ましい話ですねえ……」

そうこう話している間に焼き上がったシャケを載せたまま、ファティマはフライパンを空也に差し出した。

「そういうものも気にしないから、遅刻していたのではないか？」

　バター、続いてタレをフライパンに投入した空也は、次に戸棚から皿を取り出してリビングに向かう。

「だったら時計が進んだからって遅刻しないというのも、おかしな話になってしまいます」

　フライパンをゆっくり動かして、シャケにタレを絡めながらその後をついて行ったファティマは、空也がテーブルに置いた皿に料理を盛りつける。

「……小縁さん。炊飯器もリビングじゃダメでしょうか？」

「炊飯器は昔っから台所だよ。なくなったら寂しくなるじゃないか」

「――だ、そうだ。ああ、祖母ちゃん。すまんが、皿を並べておいてくれ」

「やれやれ……上げ膳据え膳で楽できると思ったんだがねえ……」

　頼まれた小縁はしかし楽しそうな顔で、テーブルに置かれただけの皿をそれぞれの席へと並べ始めた。

「ご飯とお味噌汁もすぐに持ってきますから、並べ終わったら座っててくださいね」

　そんな義母にくすくすと笑いつつ、ファティマは台所へと戻る。

「空也」

　その背を見送ってから、小縁は孫へと視線を向けた。

「あんないい子、どこで見つけてきたんだい？」

「信じられないことに、ある日いきなり祖母の家に降って湧いたんだ」

とぼけたことを言う祖母にやはりとぼけた返事をして、空也も台所に戻る。

別にファティマひとりでも大丈夫だろうが、ふたりでやった方が早いからだ。

休み明けの鈍った心身に鞭打って、ようやく辿り着いた放課後——

「香良洲くん」

空也は席を立つより先に、珍しく教室内だというのに話しかけてきたファティマに捕まっていた。

「お、おう……どうした？　なにやら余裕がないというか、殺気立っているが……」

連休前に転校してきて以来、誰とも親交を持たずに未だ孤高を保ち続けている話題の美少女が、クラスにいたかと思うような男子に話しかけている。

そんな異常事態に教室中の生徒の視線が集まっているのだが、ファティマは構わず続けた。

「まもなく中間テストというのは、本当ですか？」

「なに？　クレイさん、勉強してないの？　あれだったら教えて——」

「あなたには聞いていません」

話に割って入ってこようとした男子を、ファティマは一言で追い払った。

（さすがに哀れだ……）

背筋が凍るほどのバッサリ具合に、空也は同情した。

だが、同情してばかりもいられない。

「それで、香良洲くん。どうなんですか？」

ファティマの質問というか尋問は、まだ終わっていないからだ。

「本当だ。連休だからといって遊び呆けないようにするための、学校側のいらぬお節介というやつだな」

「随分と余裕がありますが――……」

言葉半ばで、ファティマははっとした顔になった。

どうやらようやく、状況を理解したらしい。

「……取り乱しました。続きは後にしましょう」

特に意味のない咳払いをしてから、ファティマは目線で空也に起立を促す。

その顔はいつものポーカーフェイスだが、彼女の表情については権威といってもいい空也には、相当動揺していることがわかった。

（というか、俺も動揺したいのだがなあ……）

まったくもって煩わしいことに、クラス中の注目の的となっている。

（まあ、考えてみれば初日に派手にやらかしているわけだしな……今さらではある、か）

腹を括って、空也は立ち上がった。

「わかった、後にしよう――帰るぞ、ファティマ」

「え⁉ いや、その……」

ファティマのポーカーフェイスが崩れた。

見る見るうちに、顔が紅潮していく。

まさか大衆の面前で姓ではなく名で呼ばれるとは思わなかったし、しかも一緒に帰るということを明言されるとは、完全に予想外だったのだ。

「ななな、な、な……なんであなたはそんなに思い切りがいいんですかっ⁉」

「そうやって慌てる方が、有象無象どもが騒ぐことになるからだ」

きっぱりと断言した空也は、いつも通りのゆったりとした足取りで出口へと向かう。

「待ってくださいよ！ 一緒に帰るんでしょうっ！」

いっそ堂々とした彼の態度に見惚れていたのも束の間、このままでは置いて行かれかねないと、ファティマは慌てて自分の鞄を引っ摑むと小走りで彼を追いかける。

無論、空也がファティマを置き去りにするはずがない。

言われるまでもなく、彼は席から少しだけ離れた場所で待っていた。

「まったく、まったくっ、まったくっ！ 香良洲くんは毎度毎度やることがいきなり大胆すぎます！　もしかしてそういうのが格好いいとか思ってるんですかっ⁉」

「……ふむ……」

いつもの空也の自宅兼、万年休業中の喫茶店に帰り着くなり言い立てるファティマに、空也はマイペースにコーヒーの準備をしながら答える。

「お前が盛大に自爆したので、下手な言い訳などせずああやってしまうのがベストだと踏んだのだが、嫌だったか？」

「それはっ……まあ、後々詮索されるだろうことを思えば、最善手だと思いますが……それに、その、いちいち隠すのも億劫になってきましたし、香良洲くんが相手ならイヤではないですし……」

ごにょごにょと言い訳しつつ、ファティマはいつもの席に腰を下ろした。

「ああ、ちなみに。あそこでつまらん言い訳を並べるより、ずっと格好いいとは思っているぞ」

「スマートに言い逃れてくれれば、もっと格好いいんですけどね」

「くーちゃんにそれを求めるのは、贅沢なんじゃないかなあ……」

口を挟みながら隣のテーブル席に座った紅葉に、ファティマは冷たい目を向けた。

「ご学友。なんであなたは当然のような顔をしてここにいるんですか？」

「うん……オレも凄くお邪魔虫なんじゃないかって気がしてる……というか、まだ名前覚えられてないんだ……」

「連休中にあなたの名前なんて一度も出てこなかったのに、まだもなにもないでしょう。えーっと……楢原(ならはら)くん?」

「違う、こーちゃんの姓は柿崎(かきさき)だ」

「相っ変わらず仲いいなあっ!」

息ぴったりにボケ倒すふたりに、楢崎紅葉は喚(わめ)いた。

「まあ、冗談はこれくらいにしておきましょう。落ち着きましたし」

「そうだな。ファティマが落ち着いたらしいので、本題に入ろうではないか。そういうわけでこーちゃん、用件を聞こう」

「……オレの扱いって……」

がっくりと肩を落とす紅葉に、空也はパーコレータにコーヒー豆をセットしつつ確認する。

「聞きたいのか?」

「いえ、いいです……トドメを刺されるに決まってる……」

「賢明な判断だ。それで? 俺に頼みがあるのだろう?」

続いてマッチでアルコールランプに点火した空也は、ファティマの隣に腰を下ろした。

紅葉がここにいるのは、帰りに偶然出会ってそのついで、などというわけではなく、彼がなにやら頼み事があるからというので、立ち話もなんだから家に招いたためだ。

「そう、くーちゃんに頼みがあるんだけど、丁度いいんでクレイさんも聞いてほしい」

「私に頼まれるつもりは毛頭ないのですが、他ならぬ香良洲くんの友人の頼みですし、聞くだけはお聞きましょう」

「ここまで聞くだけは聞くってのを言われたのは、初めてだよ……」

いっそ清々しいまでにきっぱりと言い切ったファティマに、紅葉は愛想笑いを浮かべた。

それから気を取り直すように頭を軽く振ると、改めて口を開く。

「まず、来週から中間テストがあるのは知ってるよね？」

「知っている」

「今日知りました」

どこぞのアンケートの選択肢を思わせるふたりの回答に、紅葉はツッコミを入れたくなる衝動に耐えながら続けた。

「で、オレには幼馴染みがいます」

「待て。なぜ遥か彼方の中学に通っていたお前の幼馴染みが、この流れで出てくるのだ？」

「オレ、中学三年間だけ向こうだったのよ。だからむしろ、こっちが地元。まあ、こっちって言っても駅ひとつ隣だけど」

「なるほど、納得した。続けてくれ」

空也は視線をパーコレータに向けたまま頷くと、先を促した。

「うん。でね、この幼馴染みっていうのが魚飼蛍花っていうんだけど、これがまた……」

セリフ途中で、紅葉は堪えきれないように溜息をついた。

深々と、盛大に、長く長く肺腑を絞るように息を吐き出してから言葉を継ぐ。

「――成績が悪いんだ。決して頭が悪いわけじゃないし、真面目なんだけど、とにかく成績が悪いんだ」

「お前がそんな悲痛な声を出す時点で、想像を絶するレベルだという認識は持てた。それで？」

おおよその見当はついたのだが、空也は決めつけず、話を最後まで聞くことにした。

「……この連休、全部費やしたんだ。けーちゃん――魚飼の親に頼まれて、バイト代も払うからって言われて」

「なるほど。幼馴染みの女の子とイチャついていて勉強が進まず、このままではバイト代がもらえないという話ですか」

「正直、そっちの方がマシ」

割合本気の顔で言うファティマに、しかし紅葉は嘆息した。

「真面目なんだよ、けーちゃんは。そりゃあもう、もの凄く。だから本当に、連休中は全部勉強してた。朝から晩まで、とにかくずーっと。去年もそうだったんだけど、信じられないほど集中してやってた」

そこまで話した紅葉は、ついに頭を抱えた。

「それでも結果が出ないんだよね。なんかもう、見ているこっちが気の毒になるくらい進まないんだ、勉強が」

「状況はわかった。できる限りの協力はすると約束するから、安心して用件を言うがいい」

予め電気ポットで水を温めてあったのか、空也が穏やかな言葉とともに出してきた存外早く出来上がったコーヒーを見て、紅葉は半眼になった。

「……オレ、湯呑みに入れられたコーヒーって初めて見た……」

「黙って用件を言え」

元々は喫茶店だからといって、今もカップの類いが豊富というわけではない。

だからあり合わせの容器でコーヒーを出した空也は、明快に矛盾した言葉で紅葉に本題を言うよう命じる。

「けーちゃんの勉強、手伝ってあげてくれないかな?」

「無理」

言下に空也は断った。

先の言葉はこのための前振りかと勘繰るほどに、有無を言わせぬ拒否だった。

とはいえ、さすがにそれだけでは悪いと思ったのか、空也は補足する。

「常識的に考えてくれ。学業優秀なこーちゃんが見て無理なのに、どうして俺が役に立つ?」

「レベルが違いすぎて、どうしてけーちゃんがわからないのか、オレには理解できないんだよ。だからオレよりは成績の近いくーちゃんなら、理解できるかなって……」

「香良洲くん。なんとなく、あなたがバカにされているような気がするのですが……」

それこそお茶を飲むように、ゆっくりとコーヒーを味わいながら言うファティマに、空也は首を振った。

「こーちゃんは実際、それくらい頭がいい。どれくらい頭がいいかというと、俺が付け加える言葉を見つけられないほど頭がいい」

「……説得力がありますね」

深く納得して何度も頷いてから、ファティマはふと尋ねた。

「そういえば香良洲くんの成績は、どうなんでしょうか？」

「授業をちゃんと聞いていれば、平均点は取れる。ただ、どういうわけかいくら勉強しても平均点しか取れないのだがね」

「ちなみに私は、やればやるだけ点が取れるタイプです」

「さっきまで、テストのことで慌てふためいていた人間の言葉とは思えんな」

ゆっくりとコーヒーを飲みつつ皮肉を飛ばす空也に、ファティマは溜息をついた。

「香良洲くん。もう一度言いますが、私はやればやるだけ点が取れるタイプなんです」

「？　別に聞き間違えてはいないようだが」

「言い換えれば、やらないとやってない程度の点しか取れないタイプなんです」

「………………」

空也は、もう一口コーヒーを飲んでから、マグカップをテーブルに戻した。

――連休中はファティマとだいたい一緒だったが、四六時中ずっと一緒だったというわけではない。

ふたりの時間と同様に、ひとりの時間も大切にしようという点で一致したからだ。

だから一緒に過ごす時間というのは午後いっぱいくらいで、それ以外は家のことや自分のことに使っていた。

そして空也は、追試だの補習だのでファティマといられる時間を削られるのが嫌だったので、ちゃんと勉強していたのだが……

「まあ、テストがあると知らなければ、勉強なんぞやらんか」

「ええ、そういうことです。ふわふわふわふわ、明日はあなたとなにをしようかとばかり考えていましたとも」

――なにか文句がありますか？

そっぽを向いて言い切るファティマに、空也は軽く目を閉じた。

「……ふむ……」

目を開き、マグカップを揺らして中のコーヒーを回すようにして――

「……勉強会でも、するか」

ぽつりと呟（つぶや）いた彼に、ファティマは心底嫌そうな顔になった。

今の流れで勉強会などと言い出したということは当然、紅葉も、彼の幼馴染みの魚飼某も参加するということだろう。

それは嫌だ。とても嫌だ。放課後まで他人と一緒にいなければならないなど、冗談ではない。

「……そうですね。しますか、勉強会……」

苦渋の滲んだ声で、ファティマは彼に同意した。

空也のみならず他人まで一緒というのは嫌で仕方ないが、補習だの追試だので時間を取られるのはもっと嫌だ。

しかも現状を鑑みるに、よほど集中して勉強しなければなるまい。

だからこそ、ファティマは勉強会に同意したのだ。

つまり、背水の陣。

一心不乱に勉強していなければ話しかけられてしまうという状況に身を置いて、限界以上の集中力を引き出そうという起死回生の一手だった。

そして週末の土曜——勉強会、当日の朝。
「それでは、参加者を紹介しよう」

「そうだな、助かる」

元喫茶店に集まった面々を見ながら、空也は妙なノリの紅葉に頷いた。

なにせ、店内にいる人間の半分程度しかわからないのだ。

「ではまず、魚飼のけーちゃん」

「魚飼蛍花です。この度はお招きいただき、感謝いたしますわ」

折り目正しく、それこそカーテシーでもしそうな調子で言ったのは、緩やかに波打つ栗毛(くりげ)の少女だった。

「御丁寧に痛み入る。香良洲空也だ、初めまして」

「ええ、初めましてですわね。クラスメイトの香良洲」

にっこり笑顔で皮肉を返され、空也は小首を傾(かし)げた。

「……こーちゃん。今のは真なりや？」

「どんな口調かなあ……真実だよ、けーちゃんはクラスメイト」

「いや、こうも胡散臭(うさんくさ)いまでに典型的お嬢様口調のクラスメイトがいたら、いかな俺とて記憶しているはずだ」

「実際覚えてないじゃん……」

なにを馬鹿(ばか)なと言わんばかりの空也に、紅葉はすっかり呆(あき)れ返(かえ)った様子でぼやいた。

名前と顔が一致しない程度は予想していたが、よもや、これでもかと特徴的な蛍花をまったく知らないとは思ってもみなかったのだ。

「……失礼した。クラスメイトの魚飼か」

「正直は美徳ですわ。いえ、正直に言えばいいというわけではありませんけど」

胡散臭いまでに典型的お嬢様口調という発言は聞こえていたらしく、蛍花はちくりと刺してから店内を見回した。

「それで紅葉。わたくしは香良洲の家で勉強会だと聞かされていたのに、どうして喫茶店にいるのかしら？」

「くーちゃんの家が喫茶店だからだよ、けーちゃん」

「正確には、休業中の喫茶店だ。それとこちらは、ファティマ・クレイ。彼女も今日の勉強会の参加者だ」

「ええ、初めまして。魚飼」

硬い声で、ファティマは挨拶した。

さすがに今日は袴装束というわけではなく、彼女の格好はお下がりのエプロンスカートだ。

「で、こちらは――」

頃合いを見計らって紹介を続けようとした紅葉の言葉を途中でさらって、本人が自己紹介した。

「秋月晴花です。その……今日は無理を言って蛍花ちゃんに連れて来てもらったんだけど、一緒にお勉強、いいかな？」

　小柄な身体に、おかっぱの黒髪。

　蛍花が絵に描いたようなお嬢様なら、こちらはまるで日本人形のような少女だった。

「さも当然の如く参加させろと言うならともかく、遠慮して身を縮こまらせている相手に帰れとは言わんよ。ファティマ、構わないか？」

「家主は香良洲くんですよ。従いましょう」

　あまりのファティマの素っ気なさに、空也はフォローした。

「別に気を悪くしているわけではないので、安心してほしい」

「うん、大丈夫だよ。クレイさんがこういうひとだっていうのは、教室で見て知ってるから」

　だが晴花に気分を害した様子はなく、それどころかむしろ機嫌良さそうだ。

「ならいいのだが……では始めよう。適当に座ってくれ」

　そんな晴花をしばし不思議そうに見てから、空也は勉強会の開始を告げた。


（……近い……）

　やはりというか当然というか、ファティマはいつもの席で、いつものように空也と向かい合う形で座っていた。

　だが……

「それでね、蛍花ちゃんとは名前が似てるってことで知り合ったの」

今日は、空也の隣に晴花が座っていた。

そして彼女の距離は、やけに空也と近い。

「たしかに、似ているな」

「でしょ？　あ、香良洲くん、そこ間違ってるよ。これはね――」

指摘した晴花はさらに身を寄せ、身体が触れ合うのも気にした様子もなく、空也のノートに何事かを書き込んだ。

「ああ、なるほど。そういうことか」

その内容を理解できたのか、ひとつ頷いた空也はペンを走らせる。

（わ、私というものがありながら……！）

どう見ても、空也には悪い気がしている様子がない。それどころか、軽く微笑んですらいる。

たしかに晴花は、ファティマの目から見ても可愛い。

小さくて、屈託なく笑い、快活だ。

そういう女の子に親しげにされて、嫌な気分になる男子などいないだろう。

しかも空也の趣味は、どちらかといえば可愛い志向。

（……破局の危機、再び……ッ！）

状況がわかって、ファティマは血の気が引いた。

前々から恐れていたことではあるが、空也は魅力的な男の子なのだ。

ぱっと見こそ冴えないが、一度その心根に触れてしまえば、相手を虜にしてしまう魔性がある。

なにしろ自他ともに認める人間嫌いの自分ですら、彼の虜になってしまった。

さらには最近、具体的には休み明け初日のあの一件以来、教室でもよく自分と会話するようになっている。

その態度、ちょっと偏屈で偏狭だがひどく優しくとても気遣う空也の恋人としての振る舞いを見ていれば、横恋慕して奪い取ろうとする不埒者が現れない方がおかしい。

「——ィマ。ファティマよ。なにをそんなに恐ろしい形相をしている？　せっかくひとがいるのだから、ひとりで抱え込まず他人に相談してみるがいい」

「……そんなに恐ろしい顔をしてましたか？」

内心に渦巻く怒りと殺意を押し殺して、ファティマは表情を取り繕った。

「ああ、鬼もかくやというほどに——わからないのなら、秋月に聞いてみたらどうだ？　これはさっき秋月に教えてもらったものだが、まあ、見てくれ」

どうやら胸中を悟られずにすんだようだが、ここで晴花を推してくる空也に、ファティマはどうしてくれようかと考える。

——軽く石を抱かせるところから始めましょうか。あとは焼いた針とペンチ……

手早く脳裏で拷問の算段を付けつつ、ファティマは空也が差し出すノートを見た。

「ちょ……香良洲くん⁉」

晴花が、悲鳴を上げた。

無理もない。

――クレイさんとお友達になるには、どうしたらいいかな？

――偏見を抱かず、普通に話してみればいい。

ノートに書かれていたのは、そんなやり取りだったからだ。

「ひどいよ、香良洲くん……あたし、まだ心の準備ができてないのに……」

「ええっと……秋月さん？」

空也をジト目で睨みつつ泣き言を言っている晴花に、ファティマは問いただす。

「香良洲くんに気があるというわけではない？」

「アクが強すぎるよぉ」

明るく笑って、晴花はファティマの疑惑を一蹴（いっしゅう）した。

「お友達ならいいと思うけど、カレシにするのはキツいんじゃないかなあ」

「……そういうガールズトークは、本人がいないところですることをお勧めする」

空也は、やや落ち込んだ様子でそう言った。

晴花に悪意はカケラもないし、空也とてファティマ以外から恋情を向けられたいとは思わない。

かといって恋人にはしたくないタイプであると明言されるのは、それがまるで意中にない相手であっても辛いものがある。

「というか、俺がいなくなる。後は若いおふたりに任せて向こうへ行く」

「ダメです、ここにいてください」

そんな辛い場所に無理をしてまでいる必要もなく、退散しようとした空也を、ファティマは無情にも引き留めた。

「私にトークスキルがあるとでも？　この場に残って、緩衝材になってください」

「俺にトークスキルがあるとでも？　この場に残れなどと無茶を言うな」

「大丈夫です、死んだら骨を拾って盾にしますから」

「どこが大丈夫だ、死者に鞭打つ真似をするものではない」

「クレイさんと香良洲くんは、本当に仲がいいねえ……」

ついいつもの調子で会話を繰り広げていたふたりは、本当に楽しそうな笑顔で晴花に言われて沈黙した。

「そっかあ……プライベートだとこんな感じなんだあ……」

「……勉強する」

「……そうですね、そのための勉強会です」

やたらとのどかな晴花の雰囲気に呑まれ、空也は浮かしかけていた腰を戻し、ファティマは教科書に視線をやった。

　それからしばし、気まずい半分照れくさい半分の空気の中、それぞれ黙々とペンを動かしていたのだが、

「別に……いいですよ。友達扱いしてもらっても」

　ややあって、ぽつりとファティマは呟いた。

　慣れていないのか、言葉はいささか奇妙だし赤面していたりするが、それでもそう言った。

「ホント!?　嬉しいなあ……」

　それに晴花は、ぱっと顔を輝かせた。

「あ、ファティマちゃん――ファティマちゃんって呼んでいい？　そこ、間違えてる。それはこっちの公式を使って、数値はそれだよ」

「しょ、小学生じゃないんですから……ああ、なるほど。そうすればいいんですね。助かりました、ありがとうございます」

　雑談しつつもきっちりと勉強会をしている晴花に指摘され、ファティマはノートに目を落とした。

「香良洲くん、なにを生温かい目で見てるんですか？」

　そのままの姿勢で、じろりと空也を睨む。

「仲良きことは美しきかな、微笑ましく思っていただけなのだが」

「香良洲ちゃんも間違えてる。もー、さっきと同じミスしてるし……」

「む？　同じか……いや待て。十六歳男子に『ちゃん』はいかがなものか」

「いーじゃないですか、香良洲ちゃんでも。ギャップ萌えとかいうヤツです」

「そんなものを俺に求めてくれるな」

混ぜ返すファティマに嘆息しながらも問題文を読み返しつつ、空也は器用にペンをくるくると回す。

「お前の頭の中では、俺はいったいどういう扱いになっているのだ？」

「……あなたの頭の中こそどうなっているんですか……」

それは全てがポーズではなく同時進行で処理しているのだろう、解答を修正し始めた空也に、ファティマは唖然となった。

が、晴花はミスを見逃さなかった。

「香良洲ちゃん、集中しなきゃダメだよ？　ほらここ、さっきはできてたのに今度は間違えちゃってる」

口を尖らせ、ペンの先でその箇所とトントンと叩きながら指摘する。

「……なし崩しで『ちゃん』付けにしてしまう気か……」

空也は、困り顔で呟いた。

小柄な身体、幼さの色濃い童顔、少しだけ舌っ足らずな声……そんな晴花には、なんとなく強く反対しづらいのだ。

「……ロリコン」

明後日の方を見ながらボソリと言うファティマに、空也は視線だけで訴えた。

――ならお前が撤回させてみるがいい、ファティマちゃん。

ファティマも無言で応じる。

――ごめんなさい、無理です。秋月さんには抵抗しがたいなにかがあるんです。

とはいえ、晴花に悟られることだけはなかったらしい。

アイコンタクトは成立したが、まったく実りがなかった。

彼女はなにも言わずにいるふたりに頰を膨らませた。

「ほら、ぼさっとしない。テストが終わったら球技大会なんだから、それを励みにがんばろー」

晴花は本気で楽しみにしているようで、ぱあっと顔を輝かせて言うのだが、ファティマは逆にゲンナリした顔になった。

「……香良洲くん。こういうことを例える言葉って、なにかないですか？」

「一般的には一難去ってまた一難、難しく言うと禍去って禍またいたる、俗っぽく言えば踏んだり蹴ったり」

そんな彼女と似たり寄ったりの表情で、空也は即答した。

「た、楽しみじゃないの？」

ふたりのやり取りを聞いた晴花は、愕然として呻いた。

「テスト勉強で溜まったストレスを、思いっきりボールにぶつけて発散していいんだよ？　カタルシスだよ？」

「その、あまり健全ではない方向の願望には理解を示しますが……」

別にファティマは、スポーツが苦手というわけではない。

むしろ運動能力は優れている。

だがファティマが好むのはあくまで個人競技、集団競技はきっぱりと嫌いである。

「そもそもなんでそんなハードスケジュールなんですか」

「今し方秋月の言った通り、テストで溜まった鬱憤を晴らさせてやろうという学校側の計らいだ。無意味ではないことも、秋月が実証している」

溜息交じりに応え、空也は立ち上がった。

「三人とも集中が切れてしまったようだ。一休みしないか？」

「香良洲くん、コーヒーを煎れてくださいよ。頭にガツンとくるような、苦みのあるヤツがいいです」

それを追って、ファティマも立ち上がる。

いつものコーヒー道具一式をファティマが、ペットボトルに入れた水を空也が持って席に戻ると、紅葉たちも移動してきていた。

「くーちゃんのコーヒーが飲めると聞いて、オレ参上」

「なるほど、気分転換したくなったわけか」

紅葉の言葉の裏を読み取りつつ、空也は蛍花を見た。

「行き詰まっているなら、一度気分をリセットするのも手だと思うが」

「……そんな煮詰まった顔をしてまして？」

「顔ではなく、雰囲気がな。それと、その用法で『煮詰まる』を使うことには未だ賛否両論だ、テストでは注意した方がいい」

さらりと答えた空也に、蛍花は憂鬱(ゆううつ)な溜息をつく。

「正解ですわ。紅葉から聞いてますでしょ？　わたくし、頭が悪いんですの」

「不正解だ。こーちゃんは、そういう風には言わなかった」

ペットボトルをテーブルに置きながら、空也は蛍花の物言いを訂正した。

「頭は悪くないし真面目だが、ただ成績が悪い、と——本当に頭が悪いと思っているのなら、こうも世話を焼くこーちゃんではないだろう？」

「……そうですわね。たしかに一度、リセットする必要がありますわ」

蛍花は肩から力を抜いて、気分が鬱に傾いていることを認める。

「おお……けーちゃんがあっさりと丸め込まれた……」

「ひ、人聞きの悪いことを言わないでくれます⁉　わたくしがきかん坊みたいじゃありませんんのっ」

いっそ感動している様子の晴花の呟きに、蛍花が食ってかかる。

そのセリフにあったひとつの言葉が、着々とパーコレータの準備をしているファティマの耳に引っ掛かった。

（……きかん坊……）

今時滅多（めった）に聞かない単語である。

それこそ、空也くらいしか使わないだろう。

（つまり楢崎（ならさき）くんは、そういう言葉遣いをするひとがタイプということでしょうか……）

タイプというのはいささか語弊があるが、ともかくそういった点が空也と紅葉を結ぶ線となったのかもしれない。

「どうしたファティマ？　なにやら考え込んでいるように見えるが、パーコレータに不備でもあったか？」

「いえ、あなたが暇に飽かせて執念深く洗っているので、今日もパーコレータは綺麗（きれい）ですよ」

尋ねる空也に、ファティマは総ガラス製のパーコレータを少し傾けて見せた。

彼女の言う通りガラスには曇りひとつない。

「……先ほどから思っていたのですけれど……」

今度は蛍花が、会話に引っかかりを覚えたらしい。

彼女はやや遠慮気味に切り出した。

「クレイと香良洲は、やけに仲が良いんですのね。いえ、仲が良いというか、距離が近いというか……」

感じたものをうまく言い表せないらしく、言葉を迷わせる蛍花に、空也とファティマは顔を見合わせた。

「……魚飼が浮き世離れしているのは、どうやら言動だけではないらしい」

「同意しますが、あなたが言えたことではないんじゃないかと」

「なんですの、その反応は」

要領を得ないふたりのやり取りに、蛍花は少し険を含んだ声を出した。

「だって、ねえ……」

「さすがけーちゃん……良くも悪くも世間に毒されてない……」

それだけでなく、晴花たちまでもが似たようなことを言い出して怯んだ蛍花は、涙目で紅葉を睨みつけた。

「あ、あなたたちまで……わかるようにお言いなさい、このスットコドッコイ」

「言いたいのは山々なんだけど……」

語尾を濁して、紅葉は空也を見た。

空也とファティマの関係を口外すれば抹殺すると言われたのは、つい最近のことだ。

まさかそれが本気だとは思わないが言わないと約束したのは事実、いかに現在公然の秘密となっていようと勝手に喋っていいと思う紅葉ではない。

「律儀だろう、こーちゃんは」

「ええ、香良洲くんが親友扱いするのがわかるというものです」

鼻高々で言う空也に、ファティマは頷いた。

少々融通が利かないとは思うが、口が軽いよりはよほどいい。

他人というものを嫌う空也が、例外的に信を置くのも納得できる義理堅さだった。

「ですから、説明しろと言っていましてよ⁉　なんですの⁉　村八分は格好悪いですわっ！」

「そしてこちらはやかましいですね……香良洲くんの親友の幼馴染みというのが信じられません……」

随分と遠回りな感想を呟いたファティマに、空也は薄く笑った。

彼女自身気づいているかは不明だが、単なる拒絶ではなく、ファティマが他人に対してこんなことを言うのは珍しいからだ。

ある意味、ファティマは蛍花に対して気安さを感じているのかもしれない。

「こーちゃんに言ってもらっても構わんのだが、こういうのは自分たちで言うのが筋だろうな」

空也はファティマの行動を推測するのを切り上げると、本題に戻った。

すっかり忘れていたコーヒーの準備に戻りつつ、口を開く。

「最近クラス内で噂になっているようだが、俺とファティマが付き合っているというのは間違いだ」

「えっ⁉」

空也の発言に、紅葉はぎょっとした。

すったもんだの騒ぎをしたものの、その後当たり前のようにふたり一緒で過ごしているので恋人関係は良好に続行中とばかり思っていたのに……

なにかの間違いかと思って紅葉はファティマを見るが、

「ええ、不正確ですね」

彼女も彼女で、空也を肯定していた。

「いや、だって……」

「うん、すまない。当時はこーちゃんに言ったことが真実だったのだが、状況が変わった」

空也は愕然とする紅葉に軽く頭を下げて謝罪してから、言葉を継ぐ。

「――婚約関係に進化した」

「ちゃんと許可もいただきました」

胸を張って言い切るふたりに、紅葉は安堵の息を吐いた。

「あー、びっくりした……世の中なんにも信じられなくなるところだった……」

「ふわあ……凄いねえ……」

紅葉とは対照的に晴花は目をぱちくりさせると素直なことを口にし、

「そ、そうなんですの⁉　お付き合いしているというのも初耳なのに、まさかおふたりがそんな関係だったなんて……！」

蛍花は目を見開きながら、驚愕に震える声を出した。

「詮索されるのは嫌いですが、ここまでなにひとつ詮索しない人間というのも、それはそれで面倒ですね……」

あまりに仰々しい蛍花の反応に顔をしかめつつ、ファティマは呟いた。

「まあ……そうだな」

短い同意をした空也は、パーコレータの籠にコーヒー豆を敷き詰めつつ微笑む。

「面倒だが、嫌いではないな」

そんな彼に、ファティマは小首を傾げて問うた。

「先ほどから、なにやらニヤついていますが……なにか楽しいことでもありましたか？」

言葉には、わずかばかりのトゲがあった。

なにしろ彼女自身には、どうして彼がこうも笑っているのかわからないのだ。

「楽しいというよりは嬉しい、かな」

やはり笑顔のまま答えた空也は、アルコールランプに火を灯した。

「他人にはいつもポーカーフェイスのお前が、楽しそうにしている。俺はそれが、とても嬉しい」

　穏やかに、そして優しく言われたファティマは顔を真っ赤にした。

「それが嬉しいって……あ、あなたは私のお父さんですか⁉」

「ふむ……そういう立ち位置も悪くないな」

　照れ隠しだろう、喚くファティマに空也は悠然と頷いてから続けた。

「ところでファティマよ、知っているか？　一度でも親子関係を結んだ相手とは結婚できないと、法律で定められているのだ」

「そんなことは知りませんが、今回のテスト範囲ではないことは知ってます！」

　わざとかクセかは不明だが、空也の相変わらず余計な一言で余裕を取り戻したファティマは、そっぽを向いて言い返す。

　その胸中では、なぜ彼がこんな勉強会を了承したかをなんとなくわかり始めていた。

　紅葉の頼みだったからというのもあるだろうが、それだけではあるまい。

　彼はきっと――……

　蛍花が猫舌だったり、晴花は外見に反してコーヒーはブラック派だったりといったことが発覚したコーヒータイムが終わり、再び勉強が始まった。

　始まったのだが……

「言ってしまうが……頼りない面子だ……」

空也はテーブルを囲む面々を見て、思わずぼやいた。

休憩後なんとなく席が替わり、今同じテーブルにいるのは、やはりそのままいるファティマと自分と、今回一番問題視されている蛍花。

成績優秀な紅葉も、成績優秀だろうことを確信させるティーチングを見せた晴花も、別の席で自身の勉強に集中している。

「危機感を持てということなのでは？　実際、お喋りに興じていられるほど余裕があるわけではないのですし」

「……かもな」

言ってくるファティマに、空也は頷いた。

とはいえ、本当にそれほど切羽詰まっているわけではない。

既に現段階で赤点を回避できる自信はあるし、それはファティマも同様だろう。

違うのは蛍花くらいのものだ。

（魚飼を気遣ったな……）

おそらくファティマは蛍花が気負わないよう、わざとそう言ったのだ。

真意を推し量りながらファティマを見るが、彼女は素知らぬ顔で教科書を開いている。

「ともあれ、やらなければ終わらない。せめて昼までは真面目にやろう」

そもそも、蛍花のことは紅葉に頼まれている。

彼より数段成績の劣る自分が役立てるとは思えないが、だからといってやる前から諦めるのも不誠実だ。

「そうですわね。ええ、余裕なんてありませんもの」

いっそ悲壮な顔で、蛍花は空也の言葉に頷いた。

そして、それこそハチマキでも締めそうな気合いの入りようで、彼女も教科書を開く。

（……頭は悪くないし真面目だが、ただ成績が悪い、か……）

そう評したのは紅葉で、主観も入っているのだろうが……少なくとも真面目であることは、間違いないだろう。

「…………」

ふとファティマに視線をやると、彼女も気に掛けているのか、蛍花に目をやっていた。

が、空也に見られていることに気づくと、慌てて自分のノートに目を戻してしまった。

「…………――っ！」

（別に恥ずかしがることもあるまいに……）

とはいえ、慣れないことをするというのはそういうことなのだろうと理解もできる。

だから空也はわざわざ言葉にしないで、黙って目を閉じ、ゆっくりと息を吸い込む。

ゆっくりと、長く吸い込む。

肺が一杯になったら、吸気を呼気に変えることを意識しつつ、同じ時間だけかけて吐き出す。

——目を開く。

ペンを取り、問題を見て、内容を理解し、必要な知識を脳のどこかから引っ張りだし、整理して解答とする。

内容がわからなければ、問題を見直す。違う角度からの解釈を検討し、誤解をしていないかを確認する。

知識が足りなければ、理解した問題文から不足している部分を特定、教科書を開いて補う。

違う解釈が立てられない、なにが不足しているかわからなければ、その問題にチェックを入れて——

「……ファティマ、少しいいか?」

次の問題に取りかかろうとした空也は、考えを改めてファティマに尋ねることにした。

今のやり方では、ひとりでやっているのと変わらない。

せっかくみんなで集まっているのだから、質問すればいいのだ。

彼女の邪魔をするようで心苦しくはあったが、彼女からの質問にも快く答えればチャラになるだろう。

「どうしました?　香良洲くん」

彼女もそう思ったかは不明だが、なんにせよファティマは機嫌を悪くすることもなく、フラットな調子で答えた。

「この問題なのだが、よくわからん。俺の導き出した解はこれなのだが、なぜか模範解答と違うのだ」

「少し待ってくださいね」

差し出された空也のノートを受け取ると、ファティマは彼の解答と模範解答を見比べた。それから問題文を見て、彼のミスに気づいたらしく、ひとつ頷く。

「化学反応が間違ってますね。これはこっちとくっつくのではなく、その前にここから奪って結合します」

「む……ああ、そういうことか。ありがとう、助かった」

「お役に立ててなにより」

嫌味なく微笑んだファティマは、またちらりと蛍花へと視線をやった。

蛍花は、相変わらず鬼気迫る様子で問題に取り組んでいる。

「…………」

きゅっと眉根（まゆね）を寄せて下唇を噛（か）み、ペンの先でノートを叩いている。

見るからに悩んでいる様子だった。しかもどれほどそうやっていたのか、ノートには小さく真っ黒で歪（いびつ）な丸ができてしまっている。

「……まったく……」

ファティマは困ったように微笑んで——

「魚飼。先ほどからずっとそうしていますが、大丈夫ですか？」

自分から、他人に干渉した。

「……大丈夫だったら、ずっとこうしているはずがないでしょう」

憎まれ口ながらもわからないということを認めた蛍花に、ファティマは苦笑する。

「態度の大きいひとですね。わからないんだったら、平身低頭で教えを乞うたらどうです？」

「わたくしの態度が大きいのだったら、あなたは傲慢ですわ」

「はいはい。それで、どこで詰まってるんですか？　自力で解決しようとする気概は立派ですが、なんでも自力でできると思うのなら、それこそ傲慢ですよ」

「ぐっ……」

ファティマにやり込められ、蛍花は言葉に詰まった。

なまじ最初に褒められただけに冷静な分析という感が漂い、言い返すのは大人げないと感じてしまったのかもしれない。

「ここがわかりませんの。お望みでしたら、額を床に擦りつけながら尋ねて差し上げますわ」

「お望みしませんよ、そんなの。普通に尋ねてくれればいいんです、普通に」

「平身低頭って言ったじゃないですか」

「言葉の綾です、本気にしないでください」

　空也からみれば、キャッチボールではなくドッジボールのような危うい会話だったのだが、本人たちにはそうでもないらしい。

　特段険悪になることもなく、蛍花はノートをファティマに渡して、ファティマはそれを受け取った。

「………？」

　そして、わからなかったのか首を傾げた。

「あら、大口叩いておきながら、わからないんですの？」

「そこであなたが得意になるのもわかりませんが……香良洲くん、コメントをどうぞ」

「お嬢様方が上品な罵倒合戦をしている以外の感想か？」

　益体(やくたい)もないことを言いつつ、空也はファティマが回してきた蛍花のノートに目を走らせた。

「…………？」

　見終えると同時、空也もファティマそっくりの仕草で首を傾げた。

「香良洲もわからないんですの？」

　蛍花はファティマ相手の時と違い、今度は絶望的な顔になった。

（面白(おもしろ)いヤツだ……）

　基本は高飛車で偉そうなのに、豊かな喜怒哀楽がそのまま顔に出る。嬉しければ嬉しそうな顔をし、怒れば怒り顔に、失敗すれば失敗したという顔になる。

つまり蛍花は、とにかく真っ直ぐな気質なのだろう。

（そういう人間は、嫌いではないな……）

見やると忍び笑いをしているあたり、ファティマも嫌いではないらしい。

「わからないというか、だ」

ノートを蛍花に返しながら、空也はそう前置いた。

「なぜ、ここまでわかってて問題を解かないのかがわからない」

「そうですね。内容を理解して、正しい公式を用意できている。あとはそれに数値を当てはめるだけでしょう？　どこに引っ掛かる要素があるんですか？」

そうなのだ。

数学をやっていた蛍花のノートを見る限り、完全に理解できている。

問題文を間違いなく読み解き、必要な公式も書いてある。あとは代入し、手順に従って解を出すだけでいいのだ。

「どこにって……わからないものはわからないのだから、仕方がありませんわ。どうしてその公式を使えば正しいことになりますの？」

信じられないことを言い出した蛍花に、空也とファティマは顔を見合わせた。

彼女は、円周率問題でただπを用いることが納得できていないようなものだからだ。

πとはなんなのか、そこから理解しないと納得できない。

中学生レベルなら、それでもよかっただろう。いや、むしろその方が正しいスタンスですらある。

だが高校生にもなれば、偉大な数学者が長い研究の果てにようやく導き出した公式も扱う。理解できないのが当然で、そういうものと割り切るのが普通だろうに、蛍花は公式の正しさが証明できないと悩んでいるのだ。

「……あんぽんたん」

「あ、あんぽんたんっ⁉」

その悩みをファティマに突拍子もない単語で一蹴されて、蛍花は素っ頓狂な声を上げた。

「魚飼。いいですか？　あなたが持ち出しているその数式は、人類の叡智の結晶です。生涯を数学に捧げ、魂を数学に売り渡した研究者がようやく得た悟りです」

「え、ええ……」

凄まじい表現をするファティマに呑まれたように、蛍花はごくりと唾を飲み込んだ。

「そして、それを使って今まで苦労していた問題を簡単に解き、その先へ、遥か彼方にある数学の地平へ進んでほしいという祈りです。あなた如き若輩がその大いなる遺産を理解しようなど、百年早いというものです」

「…………っ！」

雷に打たれたように、蛍花は身を震わせた。

「そ、そうでしたのね……わたくし、とんだ思い上がりをしていましたわ……てっきり、みんな公式を理解して使っているものとばかり……」

「そのやり方で無事高校二年生になれているのだから、むしろ凄いと思うが……」

「気休めはよしてくださいまし！」

空也が口にしたのは決して気休めではなく心からの称賛だったのだが、蛍花はぴしゃりと言った。

「ともあれ、あなたが公式をちゃんと理解できるようになるのは、もっと深く数学道を修めてからです。今は公式を使えばいいということだけ押さえ、先に進むべきでしょう」

「わかりましたわ。今は、理解できないのに利用するという立場に甘んじましょう」

公式の正しさがわからないという悩みを解消した蛍花は、やる気も新たにノートに向き直った。

そのペンはもはや止まることはなく、次々に問題を解いていく……

「頭は悪くないし真面目だが、ただ成績が悪い、か……まさしく、こーちゃんの言う通りだ」

ちゃんと授業を聞いて、どこでどんな公式を使えばいいかはわかっているらしい蛍花に、空也は独り（ひと）ごちた。

それから、ファティマを見る。

「見事な説得だった。俺やこーちゃんにはできない芸当だ、あれは」

「？　いえ、私としてはあなたの言い回しを真似たつもりだったんですが……」

「……お前の中の俺は、いったい何者なんだ……？」

きょとんとした顔のファティマに、空也は頭を抱えた。

そして、時は流れ――

「PiPiPiPiPiPi――！」

突如響き渡ったけたたましい電子音に、全員がびくりと身を竦ませた。

「あ、ゴメン。いつものクセで、タイマーセットしちゃってた」

慌てて携帯をいじりながらバツが悪そうに言ったのは、紅葉だった。

「いや、驚きはしたが……少し頭が重くなってきたし、いい頃合いだろう」

没頭してノートと教科書ばかり見ていたせいで、焦点が合わずに視界が霞む。

目を擦りながら、空也は壁の針時計を見やる。

時間は十二時、一時中断して昼食とするには丁度いい時刻だ。

「そういえば、昼はどうするのだ？　散歩がてら外食でもするかね？」

ここはあくまで休業中の喫茶店だ、注文など受け付けていない。

となれば当然、他で調達する必要があるのだが、

「香良洲ちゃん。こんな立派なキッチンがあるのに、それは愚問というものでしょー」

晴花は格好付けた仕草で、立てた指をちっちっちと振って否定した。

「ぐ、愚問ときたか……」

「香良洲くんが使いそうな言葉ですね」

伸びをしながら言ってくるファティマに、空也は反論する。

「たしかに俺が使いそうな言葉ではあるが、秋月が使いそうな言葉ではなかろう……」

「香良洲ちゃんの言い回しは、クセがあるからねえ……真似しちゃった」

茶目(ちゃめ)っ気(け)たっぷりに笑った晴花は、置いてあったキャンバス地の大きなトートバッグを持ち上げて続ける。

「それはともかく、ちゃんとお昼の食材は買ってきてあるのです。場所を提供してもらったお礼に、晴花さんが奢(おご)っちゃいます」

「なんでそんな巨大なバッグをと思っていたら……晴花、どれだけお昼の用意をしてきましたの?」

「どれだけもなにも、男の子がふたりいるから少し多目に六人分だよ？　バッグが大きいのはただの趣味だもん」

呆れ顔の蛍花に言い返し、晴花はバッグを肩に掛けた。

「それじゃあ香良洲ちゃん、キッチン借りるね」

「待て。いろいろ待て、秋月」

「おろ？」

流れるようにキッチンを使おうとした晴花を、空也は制止した。

「心遣いは嬉しいが、まず第一に金は払う。六人分は場所代にしては高すぎる」

「んじゃ、えっと……ひとり三百円いただきまーす」

「第二に、コップは用意したがさすがに皿は予想外だ。倉庫から持ってくるから、調理に必要なものも合わせて言うがいい」

「でっかいお鍋ひとつに大皿五枚。お箸とかフォークとかを合わせて五人分」

「心得た。ファティマ、俺は倉庫に行ってくるから、キッチンのどこになにがあるかの説明を頼む」

「頼まれました」

「待ちなさい、わたくしも手伝いますわ」

空也は倉庫へ、女子三人はキッチンへ行き、ひとり取り残された紅葉は呟いた。

「……寂しい……」

と、いったところで、空也はすぐに戻ってきた。

そして彼も、手持ち無沙汰になった。

「女子三人が料理しているのを眺めるしか、やることがないな……」

「そうだねー……」

喫茶店の構造上、カウンターの向こうでファティマたちが賑やかに料理しているのは見える。

その後ろ姿を眺めながら、テーブル席に座っている空也はぼんやりと呟いた。

「なんというか、家庭科の授業を思い出すな……小学時代の」

「女の子三人にお昼用意してもらってる感想がそれって、男としてどうなのよ……」

「パスタを茹でているだけだぞ、あれ……スープはレトルトで手間いらず、なのにあぁも騒がしくしているのだから、それ以外の感想なんて出るものかよ」

心底どうでもよさそうに言いつつ、空也の目はファティマを追っていた。

いつも一緒にやっているので、料理中の彼女の姿を眺めるというのは初めての気がする。

「くーちゃん、ひとつ聞きたいんだけどさ」

「うん？」

「どうして自分ちを使うことにしたの？　そりゃ丁度いいけど、ちょっとくーちゃんには似合わないんじゃない？　そもそも、勉強会なんて言い出すところからしてさ」

尋ねる紅葉の口調は、別段問い詰めるようなものではない。

のんびりと弛緩した、退屈凌ぎのそれだ。

「そうだなあ……」

　空也も同様だ。蛍花となにごとかを言い合っているファティマを見ながら、彼は穏やかに口を開いた。

「渡りに船だったんだよ、結局のところ」

　そう切り出した彼は、手慰み(てなぐさみ)に懐中時計の蓋(ふた)を指で撫(な)でながら続ける。

「俺にはこーちゃんがいるが、ファティマにはそういう相手がいない。けど、そういう相手がいた方がいいんじゃないかって思ってたんだ。出しゃばりすぎだとは思うんだがね、結局のところ俺は異性だからな、言えないこともあるだろうし」

「そりゃ生理用品のこととか聞かれたって困るよねえ……」

「それが一番に出るのは、男としてどうなんだ?」

　紅葉の相槌(あいづち)に、彼が先に使った言葉を返して空也は苦笑した。

「まあ、そういうのがないとは言わんが……ともかくそういうことも聞ける、気安く付き合える同性の相手だ。しかし俺には、そんな相手の心当たりはない」

「そんな時に丁度、オレがけーちゃんの話を持ってきたわけだ」

「然(しか)り。こーちゃんが未だ幼馴染みとして付き合っている相手なら、相性はわからんが人間性は保証されている——どうにも他人を偉そうに値踏みしている気がして、我がことながら何様だと言いたくなるが」

「オレの評価、どんだけ高いのよ？」

自己嫌悪は聞き流してそう揶揄（やゆ）した紅葉に、空也はわざらしく沈思黙考してから返す。

「ふむ……猫岳（ねこだけ）には劣るが、鞍馬山（くらまやま）より高いといったところか」

「具体的だけどさっぱりわかんないよ、この鞍馬天狗（てんぐ）は……」

「鬼一法眼（きいちほうげん）と呼ぶがいい、牛若丸」

「……源平合戦って範囲だっけ？」

「そういう血湧き肉躍るイベントはまだ範囲にないな、つまらんことに」

ひょいと肩を竦めて、空也は脱線した話を戻した。

「ともあれ、勉強会をしようなんて言い出したのはそんな理由で、俺の家でやったのは、いきなりアウェイだとファティマも俺も辛いという判断だ――魚飼とはうまくやれているようだし、秋月は予想外だったがまさしく僥倖（ぎょうこう）、これからもいい友人でいてくれると嬉しいのだがね」

「くーちゃんは、こう、あれだ……まるで連れ子の素行に気を揉（も）む義理の父親みたいだ」

「ファティマにも似たようなことを言われたよ。干渉しすぎだという自覚はあるんだが、こうでもしないとあいつは友人を作らないという確信もある」

言い切ってから、空也は憂鬱そうに溜息をついた。

「……鬱陶しがられていたらどうしよう……」

「ますます義理の父親みたいだ……」

情けない弱音を漏らした空也に、紅葉は苦笑する。

それからちらりとキッチンにいる蛍花へと目をやった。

「オレもさ、そういう狙いはあったんだよ。くーちゃんなら、けーちゃんと仲良くなれるんじゃないかっていう。蓋を開けてみたらクレイさんの方が相性良かったんだけどね」

「だろうな。魚飼のあの問題、お前に解決できないはずがない」

「それは買い被り。オレにはなんでそんなことに固執するのか理解できないもん。わかんないところは飛ばして、わかるところをやって点取ればいいとしか言えないよ」

少しだけ自嘲を滲ませる紅葉を不思議そうに見てから、空也は軽く首を振った。

「理解できないと理解してなお、匙を投げずにどうにかしようとしたんだろう？　だからそんな顔をするんじゃない、せっかくの女子三人の手料理が不味くなってしまうぞ」

「たまに思うんだけど、くーちゃんはもっとこう……言葉遣いを取っ付きやすくすれば、人気者になれるんじゃないかな？　みんなのお父さん的な感じで」

「素晴らしく嬉しくない人気者だな、おい」

（なにを話し込んでいるんでしょうか……？）

「クレイ。なにをぼんやりしてますの？　無視しないでくださいます？」

蛍花の声に、ファティマは我に返った。

どうやら思ったより長く空也を見つめてばかりで蛍花の呼びかけに気づいていなかったらしく、彼女は少し涙目になっていた。

「どうしました？　魚飼。パスタの茹で方なら、袋に書いてありますが」

ようやく反応したファティマにあからさまな安堵の顔となりながら、蛍花は偉そうに胸を張った。

「そんな幼稚園児みたいなこと、聞いていませんわよ」

「幼稚園児はそんなこと、聞かないんじゃないかなあ……」

鍋を覗きながら、晴花は苦笑した。

空也の持ってきた鍋は大きく、六人分のパスタをまとめて茹でられるサイズだが、それだけにお湯が沸くまで時間がかかる。

つまるところ、三人とも暇なのだ。

「それよりクレイ。香良洲とはどういった馴れ初めですの？　いえ、無理強いはしませんわよ？　もしよろしければ、後学のために聞かせてほしいだけですわ」

「押しが強いのか弱いのか、どっちなんですかあなたは……」

隠そうともしない好奇心に目を輝かせる蛍花に圧倒されて、ファティマは少し仰け反った。

ここまで聞きたいという感情を剝き出しにしながら、無理強いしないなどよく言えたものだと思う。

だがもしここでファティマが拒否すれば、それであっさり引き下がるだろうという確信もある。興味本位であれこれ聞いてくる輩は見飽きるほどに見ているが、こんなタイプは初めてだ。

「さて──」

だから、だろう。

ファティマは渋々ではなく、普通に話す気になった。

「──どういう馴れ初めだったと思います？」

「む……こう、あれですわ……」

なにひとつ先入観がなかったらしい、蛍花は虚空に視線を彷徨わせて考え込む。

ややあってぱっと顔を輝かせると、予想を披露し始めた。

「そう！　香良洲のご両親が海外で働いていた時にあなたのご両親と出会って意気投合、まだ幼かったふたりを許嫁にして帰国。時が流れて現在、許嫁はどんな素敵な男性なんだろうと期待に胸を膨らませて来日したあなたを待っていたのは冴えない少年、落胆しつつも一緒に過ごしていたところにあの転校初日の大立ち回り、それを切っ掛けに彼のクサヤのような通好みの良さを理解し始め、徐々に惹かれてついには自分の意思で婚約をしたのです！」

乙女チックなストーリーを怒濤の勢いで捲し立てた蛍花に、ファティマは冷静極まりない態度でコメントする。

「少女マンガを一本描けそうな素晴らしい妄想ですが、クサヤはいかがなものかと」

「……ダメですの？」

なんで駄目出しされるのかわからないらしい、心底不思議そうに小首を傾げる蛍花にファティマは嘆息した。

「純粋無垢な顔で聞かないでください。私の常識がおかしくなりそうですから」

「はいはい！　次あたしっ！」

「どうぞ、秋月さん」

それで一区切りと見たか元気いっぱい挙手した晴花に、ファティマはなんとなく教師にでもなったような気分で発言を許可した。

「ファティマちゃんは某国のお姫さまで、香良洲ちゃんは代々貴賓護衛を請け負ってきた忍者の末裔で──」

「ロマン溢れる設定ですが、香良洲くんは忍者より侍の方が似合っているかと」

「たしかにあの愛想のなさはモノノフっぽい……」

むうとひとつ唸った晴花は新たな着想を得たらしく、改めて口を開いた。

「じゃあ世界のツワモノと戦う地球放浪武者修行をしていた香良洲ちゃんを、お忍びで日本に行きたいと駄々を捏ねていたファティマ姫に頭を痛めていた国王がスカウトして──」

「どうしても私を王侯貴族にしたいんですか、あなたは……あと、中学高校と日本にいることがはっきりしている香良洲くんが世界放浪していたというのは明確な破綻です──が、格好いいので満点をあげましょう」

「別に脚本大会をやってるわけじゃないのに……」

言葉とは裏腹、晴花は満点をもらったことが嬉しいのかにこにこしながら言葉を継いだ。

「それで結局、どういう馴れ初めなの？」

「そんなドラマチックな出会いでもないので、どうにも言いづらいのですが……」

ふたりともまさか本気ということもないだろうが、こうも劇的なことを語られた後では、あまりに普通だったあの出会いを話すのは気が引けた。

「養子縁組先のお孫さんなんですよ、香良洲くんは。それで、義母に連れられて挨拶したのが初対面です」

だが、適当に妄想混じりで作り上げた馴れ初めよりよほどショッキングだったのか、蛍花はあからさまに狼狽(うろた)えた。

「よ、養子っ⁉　それは、あの、ええっと……」

ぎょっとした顔になり、挙動不審になり、ついには申し訳なさそうに身を縮こまらせて、蛍花は続ける。

「知らぬこととはいえ、わたくし、興味本位でとんでもないことを……」

「とんでもないのはあなたの勘違いです。両親は今も世界のどこかで元気にやってます」

ここまで全身で罪悪感を覚えていますという態度を取られては、むしろこちらが恐縮してしまう。

それにそもそも、ファティマの両親は生きている。家庭が崩壊していたというわけでもない。

「どうも落ち着きがないという放浪癖があるというか、うちの一族はアグレッシブにあちこち動き回りたがる血筋らしいんですよ」

「はあ……それはそれで、申し訳ありません……」

気の抜けた様子で、蛍花は勝手に両親を故人扱いしたことを謝罪した。

「ですが私は例外で……そういう旅暮らしみたいなものには耐えられません」

ファティマは、本当にイヤなのはしょっちゅう変わる生活環境ではなく、人間関係がリセットされてくだらない好奇心に晒(さら)されることだということは伏せた。

それを言ってしまえば、今し方その好奇心であれこれ言っていたこのふたりが気に病みそうだったからだ。

そう、このふたりに関しては、決して不快ではなかったのだ。

まるで現実を見ていない、冗談みたいな出会い話を繰り広げられたものの、根掘り葉掘り詮索されるよりよほど楽しかった。

「それでお祖母さまの古い友人である、久礼小縁さんの養子となったわけです。ああ、居候ではなく養子なのは、ちゃんとそこの家の人間として生きなさいという意味で、縁切りされたとか捨てられたとかいうことではないです。なにかの不幸でそうなったというわけではないんです。ですから魚飼、そんな落ち込まないでください。はっきり言って、似合ってなくて気持ち悪いです」

「言うに事欠いて……」

　あまりの言い様に蛍花は苦笑したが、言い返そうとはしなかった。

　ファティマの長広舌（ちょうこうぜつ）の大部分は、気にしないでくれ、普通にしていてくれという心から出たものだとわかったからだ。憎まれ口も、発破を掛けるためとわかったからだ。

「それじゃあファティマちゃんは、クレイじゃなくて久礼で……香良洲ちゃんの叔母さんということになるの？」

　その意を汲めたもののどう会話を続けたものかとまごつく蛍花より先に、晴花がずっと口を挟んだ。

「ええ。正式にはファティマ・クレイではなく久礼ファティマですが、広まるとそれはそれで面倒なので内密に。それと、私が香良洲くんの『叔母さん』なのではなく、香良洲くんが私の『甥（おい）』なんです。重要ですから、間違えないでください」

「う、うん……間違えない……」

　ちょっと怖い顔のファティマに念押しされ、晴花は頷いた。

「そうだよね……おばさんって響きは、イヤだよね……」

「ですから、言わないでくださいと……まあ、ともかく。そんな運命的な出会いはしてないん

です」

ついうっかりまた『おばさん』と言ってしまった晴花を一睨みして、ファティマはそう締めくくった。

ただ――

「運命的な出会いはしませんでしたけど……」

奇跡的ではあったと思う。

なにも詮索せず、当たり前のように受け入れてくれる男の子との出会い。

ちょっと変わっているけど、あれこれ気遣ってくれて、優しくて、困っている時には助けてくれる。ここぞという時には毅然と振る舞い、それがよいと思えば辛い決断を下せる強さを持っている。

そんな相手が養子となった家にいるなんて、奇跡以外のなんだというのか。

そんな相手が自分を好きになってくれるなんて、奇跡以外になんと言えばいいのか。

(もしかしたら……)

最初に相手を好きになったのは、空也なのではなく自分なのかもしれない。

告白されるより先に、恋に落ちていたのは自分なのかもしれない。

そうでなければ、どうしてあの時膝枕なんて大胆なことをしたのかわからない。

結局のところ婚約までの騒動は、運命的な出会いをしなかった運命の相手を受け入れるための儀式だったのではないか。

「……ええ、香良洲くんが運命の相手というのなら、私はそれを幸福だと思います」

出会いの続きを振り返り、ファティマはそっとはにかんで呟いた。

「お、おお……蛍花ちゃん、幸せな花嫁さんがここにいるよ……」

「え、ええ……てっきり醒めた性格だとばかり思っていたクレイが、まさかこんな情熱を秘めていただなんて……」

いっそ感動した様子のふたりに、ファティマは目をぱちくりと瞬かせた。

——あまりの幸福感に、ふたりのことを忘れていたのだ。

「わ、わわわ、わ……！」

なんという失態か、動転したファティマは顔を真っ赤にさせながら酸欠の魚よろしく口をパクパクとさせる。

そして、叫んだ。

「忘れてください！　いえ、忘れなさい！　今すぐ、即刻っ！」

「おっと、鍋が煮立ってきたので晴花さんは塩を入れるのです」

「わたくし、お皿を用意いたしますわ」

ファティマ渾身の叫びなど聞こえぬように、ふたりは実に生暖かい笑みを残して、そそくさと調理に戻っていった。

賑やかになるかと思いきや、昼食中は割合静かだった。

紅葉や晴花は食べながらお喋りすることに慣れている雰囲気だったが、残る三人が苦手そうにしていたので遠慮したのだろう。

そして食べるのが一番遅い晴花が、皆にやや遅れて食べ終わるなり口を開いた。

「ご馳走様でした――よし、洗いものをしちゃいましょー」

「いや、皿を水に浸けておいてくれればそれでいい。さすがに昼を作らせた上に皿洗いまでさせるというのは気が引ける」

食後一休みするという概念はないのか、勢いよく立ち上がった晴花を空也は制止した。

「お皿五枚程度、大した手間でもないですしね――ところで香良洲くん、アサリのお味はどうでしたか？」

「なかなかどうしてうまかった。レトルトも侮れんな――そういうお前の、和風きのこは？」

「美味しかったですよ。いささか具が物足りなかったですが、それは私の趣味の問題でしょうね」

晴花の買ってきたレトルトのパスタソースは、一種類ではなかった。

それどころか全部バラバラの五種類だったため、五人とも違う味のパスタを食べたのだ。

みんなで食べるのにそれはどうかと思ったものの、こうやって話のタネになっているのだから、それでよかったのだろうと空也もファティマも感じていた。

いや、もしかしたら晴花は、最初からそれを見越していたのかもしれない。

なにしろ子供っぽい外見や仕草とは裏腹に、いろいろ気を回している少女なのだ。

「それにしてもファティマちゃん、お箸の使い方が綺麗だねえ……」

その晴花が、感心した声で話しかけてきた。

外国人なのに箸を使える、という意味ではない。

言葉通り、そのままの意味で彼女は言っている。

「そうですか？　まあ、魚飼のフォーク捌(さば)きを見た後なら、誰の箸使いを見てもそう見えると思いますが……」

少しだけ照れくさそうな顔で、ファティマは毒を吐いた。

「うるさいですわよ。そもそも香良洲、どうしてお箸が人数分ございませんの？　わたくし、箸使いならクレイにも負けませんわ」

気分を害したというよりは、拗(す)ねた顔で蛍花は空也を睨んだ。

彼女の言う通り、箸は三膳しかなかったのだ。

なので、厳正なくじ引きの結果、空也とファティマ、それに晴花は箸を使い、蛍花と紅葉はフォークを使うことになった。

もっとも箸がアタリでフォークがハズレ扱いとなったのは、パスタを食べるにしてはおかしな話ではあったが。

「そうだねえ……けーちゃんの箸使いは大したものだよ。フォークと違って」

「パスタを巻き付けるのは苦手でも、紅葉の頭に突き立てることくらいお茶の子さいさいでしてよ？」

「泣いて謝るので勘弁してください」

幼馴染みの気安さで漫才をするふたりを笑顔で見ながら、晴花はうんうんと頷く。

「蛍花ちゃんは凄い勢いで魚の骨だけ取り除けるんだよ。小骨も綺麗に、身をちっともつけずに取れちゃうピンセット要らずなのです」

「さすが、家名に魚を冠する女ですね」

「関係ありますの、それ……？　ついでに言っておきますと、お魚も飼っていませんわよ」

わけのわからない賛辞を贈ってくるファティマに、蛍花は呆れ顔になる。

が、ファティマはそれに頓着することなく自慢げに続けた。

「ですが、香良洲くんはお箸で卵の黄身と白身を分けられます」

「凄いけど変態的」

「想像したら全身がぞわぞわする……凄いけど」

「凄いと思いますけど、お玉で黄身をすくってはいけませんの？」

「まったくです。どうしてそんな技術ばかり達者なんでしょうね……」

「総ツッコミ……というかファティマよ、なぜお前までツッコミに回っているのだ……」

晴花、紅葉、蛍花と続き、最後にファティマからもツッコミを入れられ、空也はがっくりと項垂(うなだ)れた。

「よくよく考えたら、人生のどんな局面でそんな技術を習得したのか、あまりにわからなかったもので……」

「どんなもこんなも、黄身だけの卵かけご飯を食べたかったからだ。ちなみに白身は味噌汁に入れる、無駄はない」

くすりと笑って疑問だからというファティマに、空也は即答した。

それを拾ったのは、晴花だった。

「そういえば最近、お味噌汁に卵入れたことないなあ……」

「美味しいのは否定しませんけど、正直邪魔でしょう。しかし、なるほど……白身だけをアクセントとして入れれば……」

想像するためか、蛍花は軽く目を閉じた。

その耳に、晴花とファティマが囁(ささや)く。

「濃いめのお味噌汁」

「半熟白身が絡んだ短冊切りの大根」

「噛み締めると染み込んだお味噌汁がぶわっと溢れ——」

「とろりとした白身と混ざり合い……」

「食後にそんな甘い誘惑はやめてくださいまし！　あなたたちは悪魔ですわっ！」

蛍花は悲鳴を上げると、イメージを強固にするふたりの声を両手で耳を塞いで遮って、イヤイヤと首を振った。

「ふむ……まるでホラーものでありそうな反応だ」

「味噌汁の話でってのはなあ……」

大して興味もなさそうに言う空也に、紅葉はつまらなそうに応じる。

そんな淡泊なリアクションに、蛍花が噛みついた。

涙混じりの恨みがましい目で空也たちを睨み、テーブルを叩きながら叫ぶ。

「あ、あなたたちは乙女心というものをわかっていないんですわっ！」

かと思いきや、よよよと崩れ落ちて力なく続ける。

「ああ、どうして美味しいものは全て高カロリーですの……いえ、そもそもどうして人間は甘いものを美味しいと感じるように進化してしまったんですの……」

「こーちゃん。魚飼はこう……あれだ……その……」

特に深く考えず口を開いたが、そのまま言うのは失礼なのではないかと思い至り、空也は語尾を濁した。

「………面白いな」

「もしかして、古語を現代語に翻訳してた？」

「好意的に解釈してくれるのはありがたいのだが、もっと穏当な表現がないかと考えていただけだ。これではなにやら、魚飼を貶（けな）しているような気がしたものでな」

「たしかに……悩ましいラインですね。つまらないというほど悪し様（あざま）な言葉はないものの、かといって好意的というほどではない……」

　大真面目に言い合うふたりを見て、蛍花はぼやいた。

「……あなたたちも、随分と面白いと思いますわよ」

「でも、ふたりとも蛍花ちゃんのことを嫌ってないみたいだし、蛍花ちゃんもふたりを気に入ってるみたいでよかったよ」

「まあ……香良洲は真面目ですしクレイも真っ正面から言い合えるしで、嫌いではありませんわね」

　にこにこと笑顔で言う晴花に、蛍花は少し照れた顔でそっぽを向きながら応えた。

「うんうん……本当によかったよ。ねえ、楢崎ちゃん」

「そうだねえ、秋月さん」

　頷きつつ言う晴花と同調する紅葉に、空也はイヤなものを感じて呻いた。

「……そちらのふたりには、なにやらよくないものを感じるのだが……」

「気のせいだよ、香良洲ちゃん。ところで勉強再開は、ちょっとここで大きく休みを取って英気を養って、二時からでいいかな？」

「英気なんて言い出す時点で、わたくしも香良洲に一票投じますわ……」

不安を隠さず言う蛍花に、ファティマも同意した。

「ええ……秋月の笑顔は基本裏表がないと感じますが、今は裏に邪悪が潜んでいるように見えます……」

「気のせいだよ、ふたりとも」

同じセリフを繰り返し、晴花はますます笑みを深めた。

「そうそう。オレたちはもう十分やったって手応えがあったから、午後はみっちり三人の勉強見てあげられるって話の、どこにイヤな予感を覚える要素があるのさ？」

どこまでもにこやかに言うふたりに、空也は納得して嘆息した。

午前のラストに成績優秀なふたりが自分の勉強に勤しんでいたのも、三人の相性がいいことに喜んだのも、全てこの形、ふたりで三人を監督する体制が念頭にあったからだろう。

「……お手柔らかに頼む……」

ふたりの気遣いを無下に断るわけにもいかないし、テストの点がいいに越したことはない。

だからといって勉強をしたいかといえば、決してやりたいというものではない。

そんな複雑な気分で、空也はファティマと蛍花を見た。

……ふたりとも、自分は同じような顔をしているんだろうなという表情をしていた。

日没とともに、苦しくも充実した勉強会は終わった。

その後紅葉が蛍花を、空也とファティマが晴花を送り終え――

「さすがに、少し休むぞ……もうコーヒーを煎れる気力もない……」

ようやく戻ってきた店内、いつものテーブル席に突っ伏して空也は呻いた。

「ええ……久々にハードな一日でした……」

ただ、同意するファティマの席の位置は違った。

彼の正面ではなく、隣だ。

「それだけあって、思っていたより進んだな」

首を傾けて空也とファティマの顔を見つつ、空也は満足げに言う。

「正直なところ、多人数で自主的に勉強するなんて、愚の骨頂だと思っていたのだが……」

「そうですか？　私は勉強に没頭するしか逃げ道がないので、捗ることは確信していましたよ」

微笑むファティマに、空也は申し訳なさそうな顔になった。

「……すまん。まさか、そんな背水の陣の覚悟が必要になるとは……もっとお前を気遣うべきだった」

「おや、てっきり私をそこまで追い込むのが狙いだと思っていましたが」

ファティマに澄まし顔で言われ、空也は渋面になった。

「いじめないでくれ」

身を起こし、ちゃんとした姿勢でファティマを見ながら、彼は続ける。

「それで、いつから俺の狙いに気づいていた？」

「最初からお見通しでしたよ——と、言いたいところですが、秋月さんの走り書きを見せてきたあたりですね、薄々勘づいたのは」

ひょいと肩を竦めて、ファティマはそう言った。

なにしろあれは、空也らしくなかった。

教えながらノートにこっそりメッセージを書くなんて、知られたくないからに決まっている。

なのにあっさりと公表してしまうなど、彼の流儀ではないはずだ。

相手が秘密にしたいと思っているのなら、それを尊重する方が空也らしいのだ。

「あれは秋月に悪いことをしたと思っているし、気が逸りすぎたとも思っていたが……そうか、そこで露見していたか」

実際そうなのだろう、空也は反省を口にした。

「ええ、反省してください。香良洲くんがそんな口の軽い男の子だと思われるのは、私としても不本意なんですから」

どこか年上めいた雰囲気を出しつつ、ファティマは彼を窘めた。

「それで、どこからがあなたの仕込みなんですか？　まさか最初の、楢崎くんが相談してくるところからじゃないでしょうね？」

「お前は俺を、いったいどれほどの陰謀家だと思っているのだ？」

「結構本気で、神算鬼謀の持ち主だと思っています。世が世なら、難事件の裏に香良洲ありと恐れられる怪人になっていたでしょう」

「なかなか心くすぐられる話ではあるのだが……そもそもひとを操るのが面倒くさいので、それはないと断言しておく」

趣味に合うことを言ってくる彼女に苦笑しながら、空也は首を振った。

「俺はただ、流れに乗っただけだよ。前々から心配していたが、俺では手の打ちようがないことを解決できそうな案が向こうから来てくれた、だからそれに乗っただけなんだ」

「その心配のタネが、私に友達がいないということですか？」

「う……そうだ」

少し険を含んだファティマの声に怯みつつ、それでも空也は頷いた。

「それはさすがに過干渉です」

「……すまん……」

きっぱりと言われてすっかりしょげ返ってしまった空也に、ファティマはくすりと笑みをこぼした。

「でも、まあ……秋月さんはいい子ですし、魚飼も嫌いではありません」

晴花は眩しいくらいに快活で、子供っぽい雰囲気とは裏腹にあれやこれやと気を回している好人物だ。

昼食の用意をしてきていたこともそうだし、空也との馴れ初め話をする時も、つまらない詮索をするのではなく、あえてあり得ない夢物語をしていた感がある。

蛍花も、悪い人間ではないと思う。

あのクセがある上に強気なお嬢様めいた物腰にはひくものがあるが、豊かな喜怒哀楽を隠すことなく顔に出すスタンスは嫌いではない。

空也とはまた違った意味で、正面から言い合えるというのもありがたい。

「結果論から言えば、あなたの陰謀は大成功です」

ふたりとも、友達を持つならこういう人物がいいと言えるほどの好印象だ。

むしろ逆に、自分なんかが友達面していいのか不安になってくる。

とはいえそれは、自分自身が解決していかねばならない問題だろう。

彼女たちの友人になりたいと思い、しかし友人であると思うのに自分は不足だというのなら、それは自身が努力すべきことだ。

「ですがご心配なく」

空也の企みが無事功を成したことを告げてから、ファティマはくすりと悪戯っぽい笑みを浮かべた。

「大人っぽいパンツを買う時の相談は、ちゃんと香良洲くんにしますので」

「……そういうことは、同性の友人としてほしいのだが……」

どうやら彼女は未だ、子供用パンツ愛好者であることを気にしているらしい。

「冗談ですよ——いいえ、考えてみれば香良洲くんの嗜好が最重要なのだから、あなたに相談するのは理にかなっていますね……」

「そこまで含めて冗談なんだよな？　まさか本気で、俺を店内に引きずり込もうだなんて考えていないよな？」

真剣みの強い面持ちで呟くファティマに、空也は戦々恐々として確認した。

「……当然でしょう？　確認するほどのことですか？」

一拍の間を置いて、少し頬を赤らめたファティマは明後日の方向を向いて答えた。

「…………」

追及したくはあったが、ファティマが開き直ってランジェリーショップに連れ込もうとする危険がある。そうなっては、本気で困ってしまう。

だからそれを堪えて、空也はノートと教科書を開いた。

「もう休憩は終わりですか？　晴花さんたちに、これで平均点以上は取れるだろうとお墨付きはもらったでしょうに」

　空也の勤勉な態度に驚きつつ、ファティマも勉強の準備を整える。

「俺としても、それだけ取れれば十分だと思うのだが……秋月には言わないでくれよ？」

　シャーペンから芯を出しながら前置きし、空也は続けた。

「サボっていると、脳内秋月が説教し始めるんだ……なんというか、出来のいい妹を持った不精な兄になった気分だ……」

「ああ……」

　同学年の女子を妹扱いするなど失礼な話だし、随分変態的な感想でもあるのだが、ファティマは彼を責めずにただ頷いた。

「間違えると、失望の眼差しを向けてくるんですよね……思わず謝りたくなるというか、どうにもいたたまれない気分になります……」

　それはファティマも同じだったかららしい、彼女は微苦笑を浮かべながら教科書に目を通し始める。

「見解を共有できてなにより。ところでファティマよ」

「なんですか？」

　教科書から目を離さない彼女に、空也は少し首を傾げて続けた。

「このまま勉強をするのだろうか？」

彼女の席は最初に座ったままの隣、それもかなりの近距離で肩が触れ合いそうだ。

「……私にあっちへ行け、と？」

「そんなことは言わん。ただ、心が浮ついて勉強に身が入らんというか……」

目を三角にしたファティマに、空也はしどろもどろの言い訳をした。

そう、決してイヤではないのだ。

恋しい相手がこんなにも近くにいることで安らぎを覚えるほど、空也が達観していないだけで、間違ってもイヤなわけではない。

「秋月さんだってこれくらい近くに座ってたんだからいーじゃないですか。ええ、張り合ってますよ嫉妬(しっと)してましたよ香良洲くんはもうもうもう……！」

なにかあればファティマが口早に捲し立てるのはいつものことだが、今回はいつもと違って、途中から意味不明になっている。

それに気づいたか、ファティマはいきなりすっと冷静な顔になると、ぽつりと呟いた。

「……いっそ拷問にでもかけてやろうかと」

「本気で怖いから、そういう芸風はやめてくれ」

なまじ造作が整っているだけに、妙な迫力がある彼女に空也はしかめっ面になった。

「だいたいお前は、俺の評価が異様に高いんだ。いや、お前に高く評価されているのは嬉しいのだが、世間一般的に俺の評価は高くない」

「そうですか？　たしかに香良洲くんは気難しそうで近寄りがたいですし、いざ付き合ってみてもかなりエキセントリックな人柄でないわーという感じですが……」

「……自覚はあるが、お前に言われると相応に凹むぞ……」

よりにもよってファティマに言われ、空也は顔を引きつらせた。

「……ですが、とてもいいひとです。誠実ですし、優しいですし、相手の気持ちを大切に尊重する、昨今希に見る好男子です」

「それが異様に高いと……」

「そうやってすぐ照れるところも、スレてない感じがして好印象です」

さっきの不機嫌はどこへやら、ファティマは楽しそうにくすくすと笑う。

「……勉強する」

対照的な不機嫌さ――といったところで、照れ隠しであることが見え見えの不機嫌さで、空也はノートの見直しを始めた。

「ねえ、香良洲くん」

「うん？」

それでも決して無視しないのが、空也のいいところのひとつだ。

そんなことを思いながら、ファティマは続けた。

「みんなで勉強会をするのは楽しかったですし、それに有意義でした。あなたとふたりきりでいることは、やっぱり特別なことなんだと感じられますから」

あまりにストレートな彼女の言葉が気恥ずかしくて、聞こえなかったことにしたくなる。

だが……

「……うん……」

自分も同じように感じていると伝えたくて、それでも空也は小さく頷いた。

第三章

Tsumetai kokou no tenkousei ha houkago,aikagi mawashite amadereru.

「それでは、テスト終了を祝して――」

「ホットコーヒーで乾杯は、どうかと思いますが……香良洲くん、お疲れさまでした」

「冷静だっ⁉　辛く苦しいテストが終わったんだから、もっとぱーっと弾けようよっ⁉」

解答用紙の返却はまだだが、テストそのものは終わったということで開かれた打ち上げパーティーの音頭を取っていた晴花は、いたってマイペースなファティマに喚いた。

「十分弾けていると思いますが……」

「どこがだよう……いつも通りのクールなファティマちゃんじゃないかよう……」

「打ち上げに参加している時点で、前代未聞のハイテンションですよ？」

拗ねる晴花の頭を撫でてあやしているあたり、自己申告の通りファティマはかなり浮かれている。

「まあ、浮かれているというなら店の使用を許可した香良洲くんこそ浮かれていると思いますが」

ファティマに横目でちらりと見られ、空也はひょいと肩を竦めた。

「浮かれ気分で、命にかかわる重大な決断はしない。ちゃんと前回、片付けまできっちりやったことを鑑みて許可を出している」

勉強会の時、使用後の掃除という作業は発生しなかった。

全員が全員、店を綺麗に使い、最後には使ってないテーブルまで綺麗に拭いて、掃き掃除までして勉強会を終えたからだ。

「？　友達のお宅で遊んだら、ちゃんと片付けてから帰るものではありませんの？」

「魚飼は育ちがいいですねえ……」

空也の言っている意味がわからないとばかりにきょとんとする蛍花に、ファティマはしみじみと頷いた。

「たしかに魚飼の家は名士で通っていますけど……それが今、なんの関係がありまして？」

「親御さんに恵まれていると言っているんですよ、私は」

「あら……ごめんなさい。いつものクセで突っかかってしまいましたわ」

素直に謝罪する蛍花に、ファティマは少し納得顔をした。

明朗快活な晴花とすぐに仲良くなれたのはわかる。

しかし、まず最初に強気な態度という遠慮したいものがある蛍花とこうも打ち解けられたのは、疑問だった。

だがそれも、今の言葉で氷解した。

つまり、『お嬢様』と『外国人』という違いこそあるものの、先入観を持たれるという立場においては同じなのだ。

その共感が無意識に作用して、いい関係を築けたのだろう。

「いえ、気にしません——が、あなたが御令嬢というのは気になります。というか、鼻で笑います」

「くっ……あなたこそバッタもんのエセ外国人じゃないですの⁉　なんでしたの、あの転校初日の態度は！　傲然とお高くとまって、わたくし、どこぞのお姫さまかと思いましたわ！」

「ホント、仲いいねえ……蛍花ちゃんとファティマちゃんは……お姉ちゃん、嬉しくて涙が出ちゃうよ……」

「晴花のお目々は節穴ですのっ⁉」

「いえ、それより臆面もなく姉を自称したことこそ問題では？」

「………………」

女三人よれば姦しいを地で行く騒ぎっぷりを少し離れた位置から眺めている空也に、紅葉は話しかけた。

「ごめんね、騒がしくしちゃって」

「こーちゃんが謝ることではあるまい？　それに……それほど嫌いというわけでもないんだ、賑やかなのは」

「そうだったそうだった。部活の打ち上げなんかでも、くーちゃんは結構付き合いのいいタイプだった」

静かにコーヒーを口にする空也に、紅葉は懐かしそうな顔になった。

「巻き込まれるのは御免で、結局は顔を出すだけだったがね」

「シブいねえ……まあ中学生じゃそんな遠巻きにいるのがいいなんてのはわからなくて、とにかく一緒に騒げばいいってなっちゃうのは仕方ない」

「さすが部長、部員のフォローがうまい」

「紅葉に香良洲！　あなたたち、なに壁の花になってますの⁉　こっちにきて話に交じりなさい！」

「……幼馴染(おさななじ)みのフォローもしてやったらどうだ？」

中学生なら仕方ないと言った側(そば)から高校生に巻き込まれ、空也は紅葉を軽く睨(にら)んだ。

「壁の花なんて言葉を使うとはさすが高校生——ってのは、無理がある？」

「ああ、無理しかない」

くつくつと笑いながら、空也はファティマの隣に立った。

「それで？　どんな話をしていたんだ？」

「前門の虎が片付いたので、次は後門の狼(おおかみ)である球技大会をどうしようかと」

「ええ、球技大会ですわっ！」

意味もなく胸を張って言う蛍花に、空也はひとつ頷いた。

「なるほど、球技大会か」

「うん。あたしはね、ファティマちゃんと卓球のダブルスに出るつもりなんだ」

上手に空也の言葉を繋(つな)いで、晴花は会話を途絶えさせない。

「そうなのか……正直、驚きだな。そういうのは目立つから、ファティマは嫌がりそうなものなのだが」

「それでも集団競技に混じるよりは気楽ですし、なにより各競技同時進行だそうですから。なら、気心の知れた相手とプレイできるダブルスがいいかな、と」

「ふむ……納得した」

実にファティマらしい判断だった。

「俺(おれ)はどうしたものかな……多人数に紛れてうまいことサボれる競技がいいのだが、さて、そんなものがあるかどうか……」

「は？　なにを言ってますの？　というか紅葉、話してないんですの？」

「そろそろ切り出そうってところで、けーちゃんが邪魔したんだよ」

怪訝(けげん)そうな顔をする蛍花に、紅葉は苦笑する。

察するに、ふたりはなにやら出てほしい競技があるようだ。

「そんなに改まらなくても、こーちゃんの頼みなら大抵のことは安請け合いするぞ？」

「それじゃあ言うけど……剣道に出ない？」

「？」

わけがわからなくなって、空也は首を捻った。

「……こーちゃん。俺は球技大会の話をしているのだが」

「うん、わかってる」

「おかしい……日本語で話してるのに、会話が成り立たない」

いたって真面目な顔で言い返され、空也は困惑した。

球技大会というのは、当然球技の大会だ。

そして剣道は、これまた当然ながら球技ではない。

ならばここで、剣道が出てくるのは矛盾がある。

「香良洲。去年は球技大会で柔道があったでしょう？」

「……あったか？」

「あなたは本当に、興味がないものはどんなにおかしくてもスルーですのね……」

いかにも奇妙な取り合わせだ。いくらなんでも覚えていそうなものなのに、すっかり忘却している様子の空也に蛍花は頭を抱えた。

「まあ、おおよそ話は理解した。桐花館は古風ゆえ未だ尚武の精神を残していて、球技大会に武道が入っているのだな？」

「香良洲ちゃん、全っ然違うよ」

トンチンカンなことを言い出した空也がおかしいのか、けらけらと嫌味なく笑いながら晴花は修正した。

「あのね、球技系の部活は球技大会で興味を持たれるし、文化部には文化祭ってのがあるけど、それ以外の部活はそういう場所がないじゃない？　だからアピールの機会として、球技大会に入ってるんだよ」

「まあ、全部まとめて入れるわけにもいかないので、新入部員が一番少なかった部活のみですけど……それで今年は、剣道部が選ばれたのですわ」

「悲しい話だ。それに今さら新入生にアピールしたところで、部員が増えるとも思えん」

どうして球技大会に剣道なんて種目があるのかをようやく理解してから、空也はゆっくりと分析する。

「しかし、話の流れからして魚飼は剣道部のように思えるのだが、参加者になっているようにも思える。男女混合もどうかと思うが、現役選手が出ていいのかね？」

球技大会の競技は、その部活に所属している生徒の参加を禁じているのが常識だ。

なにしろ現役選手が入っては、ワンサイドゲームにしかならない。

それが個人競技ともなれば、なおさらにそうだろう。

「ええ、たしかにわたくしは剣道部ですわ」

ひとまず空也の最初の疑問に答えてから、蛍花は続けた。

「現役選手――というより部員が出ていいのかどうかの答えは、『出ていい』ですわ。だって勧誘ですもの、格好いい試合というものをしてアピールしなくてはなりませんわ」

「まあ……素人ではちゃんと竹刀を振れるかすら怪しいものだろうが……それを相手に格好いい試合ができるのか？　剣道部……」

別に竹刀は持ち上げるのも難しい重量物というわけではないのだから、棒のように振り回すだけなら誰だってできる。

だが、ちゃんと剣道の道具として竹刀を振るとなれば、話は別だ。

全身を連動させて一撃を繰り出すには、相応の練習が必要となる。

それすらできない素人が試合をしたところで、みっともなく竹製の棒を振り回すだけの、チャンバラ以下のなにかにしかなるまい。

そういったことを危惧する空也に、蛍花はふふんと得意げな笑みを浮かべてみせた。

「素人相手には試合形式で格好良く指導し、部員同士では格好良い試合を繰り広げる……完璧ではなくって？」

「まあ、姑息な目論見であることを除けば……」

「香良洲ちゃん、剣道部も必死なんだよ。桐花館最古の部活を自分の代で終わらせるなんて誰だってイヤだし。でもでも、ちゃんと普通に盛り上がるように考えてはあるんだよ？　三人一組の変則団体戦だけど、試合に出る順番はその場で変えていいし、勝ち抜き戦だし。先鋒が連勝したら盛り上がるんじゃないかな、きっと」

一生懸命説明する晴花に微笑ましいものを感じるがしかし、空也は見逃したりはしなかった。

「秋月。やけに詳しいな？」

球技大会専用ルールなんて、まだ発表されていないはずだ。

なのになぜ、晴花は知っているのか。

それは即ち、運営側か、あるいは……

「……はい、あたしも必死な剣道部員です。といっても運動は苦手だから、マネージャーさんだけど」

「明るい笑顔に細やかな気遣いのできる秋月さんがマネージャーというのは、実にらしいですね」

空也としては責めているつもりはなかったのだが、ファティマは晴花に助け船を出しながら目で彼を注意した。

「やめてくれ、とんでもない小悪党になったような気がしてくる」

あっさりと晴花の側についたファティマに、嬉しいやら悲しいやらの微苦笑を浮かべて、空也は降参とばかりに両手を挙げた。

「二言はない。剣道に参加させてもらう。ああ、ところで俺は大将でいいか？」

「お待たせしてしまいましたわね」

緩やかに波打つ栗毛をきりりとポニーテールに結った蛍花がやってきた。

女子だから着替えに時間がかかった――というのも間違えはないだろうが、着替えは着替えでも彼女は体操着に着替えていたのではなく、上は白、下は藍染め（あいぞめ）の袴（はかま）といった剣道着に着替えていたのだ。

「はーい、竹刀（しない）も到着だよー」

続いて晴花もやってきた。

言葉通りに竹刀を二振り抱えている彼女の格好も、剣道着姿だ。

いくらマネージャーとはいえ、剣道着くらいは持っているらしい。

「選択授業ので悪いけど、ちゃんと使えるから」

「贅沢（ぜいたく）を言うつもりはない、ありがたくお借りしよう」

「あれ？　選択授業に剣道ってあったっけ？」

竹刀を受け取りながら尋ねる紅葉に、晴花は答える。

「女子は一年の時あったよー。防具は貸し出しだけど、剣道着と竹刀は自前なんだ」

「……ちなみにお前のその剣道着は？」

「授業で使ってたのだよ？　マネージャーに剣道着はいらないもん」

「まあ……そうだな」

考え違いをしていたことはおくびにも出さず、空也は無駄に重々しく頷いた。

それで一区切りついたと見たのか、

「さて、まずは基本のおさらいからですわよ！」

「いやいやけーちゃん、準備体操しようよ」

ノリノリで指示を出した蛍花に、紅葉はすかさずツッコミを入れた。

「わっ、わかってますわよ！　ラジオ体操くらいとっくに済ませたと思っていただけですわ！」

「つまらない嘘をつきますね、魚飼」

どこからどう移動してきたのか、慌てふためく蛍花に背後からファティマが追撃のツッコミをかけた。

「うひぃあっ⁉　クレイ、あなた、いつの間に……」

「普通に気配を消してきただけです。しかし、香良洲くん……」

蛍花の珍妙な悲鳴を聞き流して、これまた剣道着姿のファティマは空也に失望の眼差しを向けた。

「……どうして袴姿じゃないんですか？　せっかくこうやって見物にきたというのに……残念です」

「むしろ、なぜお前が剣道着を着ている？　まさかそれで卓球をするのか？」

「魚飼に借りました。ちなみに卓球の練習は授業中存分にしましたので、放課後は香良洲くんの袴姿を愛でつつ疲れを癒やすつもりだったのですが……残念です」

「どれほど残念なんだ、お前は……」

わざわざ二度も言ったファティマに呻きながら、空也は彼女に竹刀を差し出した。

「？　いくら残念でも、竹刀で殴ったりしませんよ？」

「俺もするとは思っていない。準備体操をするから、預かっててくれと言っているのだ」


時間をかけて準備運動を終えた空也は、素振りを開始した。

最初は左手一本でゆっくりと、動きを確認するように。

それから右手も使って、振りかぶる動きはゆっくりのまま、しかし鋭く速く振り下ろす。

「秋月さん、秋月さん。剣道部マネージャーの目から見て、香良洲くんはどんな感じなのでしょうか？」

そんな彼の動きを正座して見ていたファティマは、隣でやはり正座している晴花に尋ねた。

「さすがに素振りだけじゃ、経験者だってことしかわからないよ」

いつものクールな振る舞いはどこへやら、子供っぽく顔を輝かせるファティマに晴花は苦笑混じりで答える。

「まあ、強い弱いはわかんないけど、いい選手だったんじゃないかなあ……」

とはいえさすがにそれだけではあんまりだと思ったのか、言葉を継ぎ足した。

「竹刀って、ただ振るにもいろいろあるんだよね。握りはこう、振り上げる時はこうで、振り下ろす時はこうって具合に」

「ふむ？」

マネージャーらしく専門的なことを言い出した晴花に、ファティマは素直に耳を傾けた。

「でね、香良洲ちゃんはそれがしっかりできてるんだ。最初片手で振ってた時、左手の薬指と小指だけで竹刀持ってたし。多分、竹刀ダコもそこにしかないいんじゃないかなあ……」

「……そういえば……」

ファティマは自分の手の平に視線を落として、何度か繫いだ彼の手の感触を思い起こした。

空也の手は、ピンポイントで固くなっている部分がある。

それは晴花の言う通り、左手の薬指と小指の付け根と――

「……あと、手の平の親指の反対側、中指の腹もちょっとかさかさしてましたね……」

「そうそう。竹刀を正しく握ってると、丁度そんな感じにマメができるの――ファティマちゃん、それがわかるくらい香良洲ちゃんとじっくり手を繫いだんだ？」

ニンマリと意地悪く、それでも嫌味なく笑うという器用な真似をする晴花に、ファティマは恥じらいで少し頰を赤くしながら、きっぱりと言い切った。

「ええ、婚約者ですから」

「本当にファティマちゃんは、香良洲ちゃんが大好きだねえ……」

にこにこと今度こそ嫌味なく笑いながら、晴花は嬉しそうな声を出した。

「秋月さん。あまり言われると許容限界を超えてしまいますので、それくらいにしてください」

「うん、ちょっとやっかんじゃった。ごめんね」

かといって恥ずかしさが紛れるわけではなく、やんわりと言うファティマに晴花は素直に謝った。

「ああ、もう……秋月さんは可愛いですね……！」

「あたしは、ファティマちゃんみたく綺麗に――いや、今はとっても可愛い……なんかズルい。凄くズルいよ、ファティマちゃん⁉」

「ところで、魚飼は？」

変な方向に脱線し始めた会話を、ファティマは強引に修正する。

晴花もこだわるところではなかったらしく、あるいはそれも言いたかったことなのか、あっさりと乗った。

「蛍花ちゃんはね、格好いいんだ」

それがとても大切なことのように、晴花はしっかりとファティマの目を見て言う。

「勉強もアレだったけど、剣道もね、はっきり言えばあんまりうまくない。才能なんて言葉、あたしは大っ嫌いだけど、きっと蛍花ちゃんには剣道の才能がないんだよ」

「……秋月さん？」

初めて見る明るさを失った晴花の表情に、ファティマは気圧（けお）された。

「蛍花ちゃんもね、それをわかってる。けどね、蛍花ちゃんは剣道部で一番真面目なんだ。レギュラーになれなくても練習熱心で、泥臭い努力をずっとし続けてる。うん、蛍花ちゃんほど、泥臭い努力が似合うひとはいないいんじゃないかな」

「……凄いですね」

それは、勉強会の時から感じていたことだ。

蛍花はわからない問題でも諦（あきら）めず、ずっと考え続けていた。

要領が悪いといえばそれまでだが、そこまで根気強く取り組む姿勢は、畏怖（いふ）を覚えるほどだった。

「だよね！」

頷くファティマに、晴花は我が意を得たりとばかりにぱっと顔を輝かせた。

「あたしは、そんな蛍花ちゃんが大好き。頑張ってって応援したくなっちゃう。それでね、ちょっとでも努力が実ったら、ふたりでわーって喜びたい」

「魚飼のことだから、心配ないでしょう。きっと魚飼の辞書は欠陥で、諦めるとか載ってないんですよ」

だからいつか、蛍花は立派な成果を出すだろう。

その姿勢をこんなにも応援してくれる晴花が、それに、まあ、ちょっとは応援してもいいと思っている自分もいるのだから、蛍花は必ずなにかを成せる。

蛍花がなにも成せないとしたら、それは世界が間違っているということだ。

(それは我ながら言い過ぎと思いますけど……)

世界の有り様に文句をつけるなんて随分と大きく出たものだと、ファティマはこっそりと苦笑した。

「まあ、もうちょっと肩の力を抜いてもいいんじゃないかなーとは思うんだけどね、蛍花ちゃんだからね」

同じようにこっそりと苦笑して、晴花は三人に視線を戻した。

「お、楢崎(ならさき)ちゃんも上手だねえ……見て見て、あんなに竹刀ぶんぶん振ってるのに、止まる位置が毎回ぴったり同じだよ？　凄いねえ……」

そしてすぐに、今度は紅葉のことを褒め始めた。

「……凄いのは、いいとこ探しの得意な秋月さんですよ」

くすりと笑って友人を褒めながら、ファティマも空也へと視線を戻した。

ただ時折、思い出したように蛍花のことも見ていたが。

手本になろうとしていつも以上の熱心さで稽古した蛍花が手にマメを作ったり潰したり、晴花が持ってきた手製のクッキーが美味しすぎて蛍花が食べ過ぎたり、精神統一のためにする練習開始直前の瞑想で蛍花が寝てしまったり……

多種多様かつ蛍花尽くしなトラブルがあった練習期間は終わり、本番当日。

球技大会会場として、机を片付けられた教室の中、ジャージ姿のファティマは半眼で空也を軽く睨んだ。

「香良洲くん……なんで、ここにいるんですか？」

「剣道は他の競技が休みの時間にやるのでね、勇姿を見に来た――」

その目的からして納得なことを言った空也は、そのままの調子で一言付け加えた。

「――マイラブリースウィートハートの」

「…………」

突拍子もなくヘンテコなことを口にする空也に、ファティマは呆然として卓球のラケットを落とした。

それからラケットを拾いもせずに、心底イヤそうに問う。

「……なにか変なものを食べたんですか……？」

「お前と同じものしか食べていない――秋月、まったく受けてないぞ？　ファティマがにこりともしないのだが」

「そりゃ、そんな淡々と言ったら受けないよう。というか冗談なんだから、真(ま)に受けないでよ。おかしいなあ、香良洲ちゃんは」

話を振られた晴花は、けらけらと楽しそうに笑いながら答えた。

そんなふたりの様子を見て事情を察したファティマは、軽く溜息(ためいき)をついた。

「秋月さん。香良洲くんはこれで結構悪ノリするので、あまり変なことを吹き込まないでください」

「ごめんごめん。なんかファティマちゃん、元気ないみたいだったから」

「練習は好きですけど、本番は嫌いなんですよ……」

ファティマはもう一度溜息をついた。

実際、黙々と練習するのは嫌いではない。

だが本番は、人前になるので憂鬱(ゆううつ)になってしまうのだ。

「観衆などカボチャだ、気にすることはない——と、いったところで、本当にそうは思えないのが辛(つら)いところだな」

「ええ、まったくです」

さすが同類、気持ちを汲(く)み取って言ってくる空也にファティマは大きく頷いた。

その動きにつられて揺れる銀髪にしばし見とれてから、空也は再度口を開いた。

「つけてくれているのか。最近使っていなかったから、早くもお蔵入りしたのかと思っていた」

彼女がクリップでまとめている髪には先日の祭りで買った、赤いリボンが飾られていたのだ。

「こういう気合いの必要な時に使うことにしたんです。いつもいつも使っていたら、ありがたみがなくなってしまいますし」

言われたファティマは、少し身体を回して彼がリボンを見やすいようにする。

「どうですか?」

「うん……祭りの薄闇(うすやみ)の中でもそうだったが、明るい時分でも、やはりお前の髪によく映えている」

「こそばゆい評価ですが、つけた甲斐(かい)がありました」

照れくさそうに頬を染めて、ファティマは軽(かろ)やかに微笑んだ。

「むー……やっぱりそういうので元気になってるじゃないのさ……」

「マイラブリースウィートハートと同じにしないでください」

わざらしく拗ねる晴花に、ファティマはくすくすと笑いながら反論する。

「随分と楽しそうにしていますわね。リラックスできていて、いい感じですわ」

「お、蛍花ちゃん。おはよー」

「おはよう、晴花。今日も元気いっぱいでなによりですわ。クレイも——あら、今日はリボンをしていますのね。気合い十分といったところかしら？」

内面さえ知らなければただ上品としか思えない挨拶(あいさつ)をした蛍花は、目聡(めざと)くファティマのリボンに気づいて小首を傾げた。

「……光沢、色合い、どちらも見事……いい布ですわ。控え目な刺繍(ししゅう)もそれを心得ていながら精緻精巧(せいちせいこう)、まさしく職人の妙技……逸品ですわね」

「一目でそこまで……素晴らしい眼力です」

「いいえ、適当にそれっぽいことを言っただけでしてよ」

空也からのプレゼントを褒められて嬉しいのか、素直に感服したファティマに、蛍花はしれっとそう言った。

「……香良洲くん。竹刀を持ってないですか？　魚飼にツッコミを入れるのに使いたいのですが」

ジト目で蛍花を見つつ差し出してきたファティマの手に、とりあえず空也は自分の手を載せた。

「ご覧の通り持っていない」

「そうですか、残念です」

ちっとも残念でなさそうに言いながら、ファティマはきゅっと空也の手を握る。

「……さりげなくイチャつかないでくださる？」

「心理攻撃が通じてなによりです」

呻く蛍花に、ファティマはさらりと言い返した。

「このバカップルは始末に負えませんわね……一応言っておきますが、逸品だというのは本音でしてよ？　由来どうこうなんて知りませんけど綺麗ですもの、そのリボンは」

「無論、わかってますよ」

嘆息する蛍花ににっこりと言って空也の手を離すと、ファティマは改めて尋ねた。

「剣道の試合は、二限目からでいいんですよね？」

「そうなっていますわ」

「こっちは十分間に合うから、応援に行くね」

剣道はあくまで部活アピールが目的なので、試合は他の競技が試合を終えて移動だの休憩だのをしている時間に体育館で行われる。

もっとも一試合ずつ消化していくのではなく、全学年全クラスから参加しているので、体育館全体に複数の試合場を作って多数同時進行となるが。

「わたくしが応援するのが先でしてよ？　健闘を期待させていただくわよ、晴花。それとクレイも」

フラットな状態なら本当に気品溢(あふ)れるお嬢さまらしい蛍花は、その通りのお嬢さまらしい上品さでそう言った。

卓球の試合が始まって五分もすると、空也にも運動が苦手だからマネージャーをやっているという晴花の言葉が嘘ではないとわかった。

いや、ある意味では嘘ではあるのだが。

なにしろ、壊滅的に身体を動かせていない。

日常生活では問題ないし目立たないのだが、身体の各部位の連動がぎこちないのだ。

そのまま早く動こうとするものだから、バランスが崩れてしまう。

バランスが崩れたからと無駄に力が入ってしまい、ますます動きがぎこちなくなる。

絵に描いたような悪循環だ。

対戦相手もすぐに晴花が弱点だとわかったのだろう、彼女を狙ってボールを打っている。

「……ファティマちゃん、ごめん……」

だからこそまたボールを打ち返せなかった晴花は、見ていて可哀想になるほどしょぼくれた様子で謝った。

「気にしなくていいですよ、この程度」

言葉以上に気にしていない声音で、晴花のカバーで走り回っているファティマはペンホルダー型のラケットで顔を煽ぎつつ応えた。

卓球のダブルスはペアで交互に打ち返さなくてはならないので、本来なら味方が返し損ねたボールのカバーなどない。

だが剣道と同じく卓球も球技大会用の特別ルール、というよりは、簡易ルールだ。

ペアが交互に打たなくてはならないとか、そういったものはない。

打球は自分のコートで一回バウンド、相手のコートで一回バウンドさせる。

そして打ち込まれた方のペアのどちらもが返球できなければ得点。

それを繰り返して十一点先取した方が勝ち。

これを三セット繰り返す。

その程度のルールであり、だからこそファティマは晴花のカバーで走り回っている。

そんなファティマは晴花とは対照的に運動が得意なのだろう、さすがにラケットで煽いでいる顔は軽く上気しているが、まだまだ余裕綽々といった感じだ。

だが、運動が得意程度でカバーしきれるわけではない。


「ごめん、一年生の知り合いのところに顔出してた。試合はどんな感じ？」

「前陣が秋月、後陣はファティマ。運動の苦手な秋月が狙い撃ちされ、ファティマがそのカバーに走っているが、それにも限度がある」

ようやくやってきた紅葉に尋ねられた空也は、仏頂面で答えた。

「そんなマズい状況？　クレイさん、ようやく準備運動が終わったって顔してるけど」

「ここまでファティマが動けるのは俺にも予想外だが……」

なにしろ互いにゆっくりとした時間を過ごすだけで、激しい運動をするようなことはなかった。

だからファティマがこうも機敏に動けるなど、空也は知らなかった。

だが空也は、その速さを考慮してなお状況は厳しいと判断していた。

「俗に、人間の反応速度の平均はコンマ二秒と言われている。これは身構えていた時の速度だが……」

「まどろっこしいですわね……つまり香良洲は、なにを言いたいんですの？」

「これはプロ、それもオリンピッククラスの話になるが、相手が打った球が手元に来るまでの時間は約コンマ五秒だ」

結論を急かしたのにマイペースな空也を、蛍花は軽く睨んだ。

「オリンピックでそれなら、コンマ三秒以上余裕があるじゃないですの」

コンマ三秒を長時間と思っているのか、大したことはない言わんばかりの蛍花に、空也は嘆息した。

「来るまで一秒と仮定しよう。その間に弾道を見切り、どこに来るかを予測し、そこへ動き、ラケットを振って打ち返す。判断ミスが許される余裕はない。考え込む時間もまた然り。間違えたら失点、敗北に近づく。これを、試合終了まで繰り返す。プレッシャーだ」

三セット終わるまで、味方の援護も期待できない中で、ファティマは延々とそれを繰り返さなくてはならない。

それは、どれほどのプレッシャーか。

淡々と空也は続ける。

「一対一の勝負は、その実二対一の戦い——相手と自己を敵とする戦いだ。早く楽になりたいと思う心に屈して安易な手を打てば負け、勝負を投げても当然負ける」

しかもこれは球技大会、勝とうと負けようとなにがあるわけでもない。

ただ——

(負ければ、秋月は気に病むだろうな……)

それが嫌だという一心で、ファティマはこうも走り回っているのだろう。

「今はまだ余裕があるだろう。だが、心身ともに疲弊してくれば弱気の虫が騒ぎ出す。苦しいのはそこからだろう」

「香良洲は理屈っぽいですわ」

結論を口にした空也に、蛍花は呆れ返った顔になった。

「クレイは苦境のひとつやふたつでへこたれるタマではなくってよ? それに晴花を計算に入れていませんわ。まさかあなた、あの子がベソをかいているだけとでも思っていますの?」

「秋月のことは知らんがね、ファティマのことなら知っているとも。だから言っている、苦しくなるのはこれから、そこが見どころだと」

見ていろとばかりに薄く笑って、空也は腕組みをした。

とはいえ……見栄(みえ)を張ったが、本当にファティマが苦しい時も弱気に抗(あらが)えるかどうかなど、いくら空也とて知らないことだった。

ただ、無根拠に確信しているだけ。

彼女はきっと、最後まで秋月のために勝とうと足掻(あが)くと信じているだけだ。

「なら最初っからそう言えばいいじゃないですの、回りくどいんですわ。ともかく――」

まるで負けた時の言い訳を作っているように感じてつい突っかかってしまったバツの悪さで、蛍花はやや早口にそう言った。

「応援しますわよ。味方がいるという事実は、結構心を支えてくれるものですもの」


――五回目の落球。

こちらがサーブなので審判が渡してくるボールを受け取ってから、さすがに重くなり始めた身体にファティマは大きく息を吐き出した。

（こうも友情に厚いとは、我がことながらびっくりですね……）

必死になって駆けずり回るなんて、つくづくらしくない。

汗で体操服が張り付いて不快だし、息が乱れて気持ち悪いし、疲れて身体が重い。

所詮(しょせん)は球技大会、負けたところでなにがあるわけでもないのだから、とっとと負けてしまえばいいのだ。

そうすれば、こんな苦労なんてしなくてすむ。

だけど……負けたらきっと、晴花は自身を責めるだろう。

運動のできない自分のせいで負けたのだと、落ち込むだろう。

それは嫌だ。とても嫌だ。

そんな晴花は見たくない。

そうなるとわかっていて全力を出さない自分も、許せそうにない。

そもそも……晴花がまだ諦めていない。

ボールがくる時間を少しでも稼ぐために後陣にいるせいで見える彼女の背が、それを物語っている。

身体の反応は鈍いが、ボールを追って頭は動いている。

運動が苦手だからといって試合を投げず、できることはないかと必死に考えている。

だというのに、彼女よりずっとスポーツのできる自分が諦める？

（そんなの、格好悪いじゃないですか……）

ファティマはちらりと、壁際にいる空也へと目をやった。

空也が見ている前で適当なプレイをして負けて、落ち込む晴花に、こんなお遊びの勝敗なんて気にすることではないとでも言うのか？

——冗談ではない。

勝つにせよ負けるにせよ、いいところのひとつくらいは見せてからだ。

そうでなければ、格好がつかない。

それに勝ったら晴花と一緒に喜びたいし、負けたら一緒に悔しがりたい。

(だから、あともう少し頑張ろう)

『最後まで』ではなく『もう少し』。

無意識に、ハードルを下げていることにファティマは気づかない。

気づかないまま、ファティマはラケットを握り直して——

「クゥゥレエエエイ！　晴花ぁぁぁ！　まだ勝負は終わっていなくてよ！　気合いを入れなさい気合いをッ！」

蛍花が張り上げた、ガラスが割れるのではないかと心配になるほどのとんでもない声援にぎょっとした。

「な、なんて大声ですか……」

「蛍花ちゃん、剣道部だから」

苦笑しながらフォローにもならないフォローをする晴花に、ファティマはかぶりを振りながら応じた。

「恐ろしいことを言わないでください。あとふたりは元剣道部ですよ」

空也が大声を出すところは想像できないが、紅葉は大声を出しそうではある。

「そうしたら、試合妨害になっちゃうねえ……」

想像したのかますます苦笑を深めて、だが楽しそうに晴花は言った。

それから、ふと表情を真剣なものに改めて続ける。

「――ファティマちゃん。あともうちょっと頑張ってくれる？」

「お断りします」

にっこり笑って即答し、ファティマはぐるりと肩を回した。

「最後まで頑張りますよ、私は」

蛍花の奇行のお陰とは言いたくないが、ともかく知らない間にすり減っていた気力を取り戻し、ファティマは試合に戻る。

（さて……気合いは入りましたが窮地なのは変わらず、どうしますかね……）

サーブ権は普通と同じく二回、できればその二回とも相手に打ち返させることなく決めたいが、そうは問屋が卸すまい。

ならサーブは晴花が打ち、自分は返球に備えて最初から後陣にいるべきか。

だが、得点のチャンスをみすみす捨てるのはあまりに惜しい。

かといって、自分が後陣からサーブするのも無意味だ。

後陣だから相手の打った球が手元にくる時間を稼げるのと同様、後陣から打っては相手の手元に届くまで時間がかかる。

前陣で打つのはその逆、相手に届く時間を短縮できるが、返された時の時間も短くなる。

（前陣に出て攻めるか、後陣にとどまって守りに徹するか……）

失点を覚悟して得点を狙うか、得点を捨てて失点を防ぐか。

表裏一体の二者択一に、ファティマは悩む。

悩んで……そしてファティマは前に出た。

（集中しろ……集中、集中……）

心の中で繰り返しながら、ファティマはボールを乗せた左手を持ち上げた。

（相手が変わったわけじゃない……ただ、ラリーが一テンポ速くなるだけ……）

こちらがサーブを打つと伝わったのだろう、相手方も構えた。

それを見てからファティマはゆっくりと一呼吸、ボールを軽く上へと放り——

（……リボン、触りたいなあ……）

そんなことを考えながら、ファティマはサーブした。

会心の一球。

だが打ち返される。

打球はドライブ、守備的に速度を殺すようにブロックして返すか、攻撃的に速度が増すよう
ドライブで返すか。

ファティマは迷わず、攻撃的に返した。

——カウンタードライブ。

加速させて返球するが、相手はそれをさらに加速させて打ち返してきた。

だがファティマは、それすらもドライブで返す。


（少し見えてきた……）

ファティマの銀髪を飾る赤いリボンを目で追いながら、晴花はラケットを握り直した。

見えてきたと言っても、なんとかボールの軌跡が見えるだけだ。

晴花ではファティマのように反応して打ち返すなんて真似はできない。そんな運動能力はない。

それでもつま先で床を小刻みに何度も叩き、リズムを取る。


カウンタードライブの応酬で、ボールは限界まで加速されている。

もう見えないはず。間に合わないはず。

だが見える。間に合う。

無意識に身体が動き、走り出す。

右へ、左へ。

奇妙な感覚。
ただボールを追うことに没頭し、現実感が消失している。
なんとなく、自分の背中が見える気がした。
いや違う。リボンだけだ。空也にもらった赤いリボンが揺れている。
そのリボンが揺れる方にボールが来る。
そして、リボンが揺れる方がボールより早い。
まるで、空也に導かれているよう。
思わず笑みをこぼしながら、リボンに従う。
右へ、左へ。
打ち返す。
――カウンタードライブ。
打ち返される。
――カウンタードライブ。
リボンとほぼ同じ。
なんとか返す。
――カウンタードライブ。
リボンより早い。

追いつけない。

ラケットが空を切る。

(だけど大丈夫……)

背後で晴花が走っているのがわかった。


晴花は走り出していた。

相手が打ち返してからでは間に合わない。

だから予測した。

ボールが来るタイミングを計り、位置を予測した。

タイミングはともかく、位置予測なんて普通は無理だろう。

それができるほど相手を研究していたわけではないし、洞察力に優れているわけでもない。

だけど今の状況ならば――ドライブ合戦によって、ファティマも相手もなんとか打ち返せるという状況ならば。

卓球部ならいざ知らず素人なのだ、こんな高速のラリーを繰り広げながらコースを選んで打ち込めるほどの実力はない。

だから弾道は限定される。

だから読める。

ファティマがこの状況に持ち込んでくれたのだ。

自身も余裕がなくなることを承知でキツい前衛に出て、この状況を作り出してくれたのだ。

そのチャンスを無駄にはすまいと、晴花は懸命に走る。


ドタバタとした、実に走り慣れていない足音。

まるでなってないフォームが目に浮かぶ。

それでも、晴花は間に合った。

ラケットを振って打ち返すなんて上等なものではない。

手を伸ばし、どうにかラケットを届かせただけ。

――ブロック、、、。

速度が殺される。

繰り返されるドライブ合戦で猛烈な回転がかかっていたボールは、ほぼ真上へ飛んだ。

しかしなんとか、ボールは自陣に落ちた。

台で弾み、大きく飛び上がり、敵陣の方へ。

嫌がらせのようにふんわりと、ゆっくりと。

大きく楕円(だえん)を描いて跳ね上がり、落下を始める。

――その落ちる先がわからない。

丁度卓球台の真ん中、陣地の分かれ目あたり。
相手が打ち返すために身構える。
ファティマも打ち返される球に備えて身構える。
相手の陣地に落ちたのなら、またふんわりと弾むだろう。
つまりは絶好球、間違いなくスマッシュが来る。
(……もう防げませんね)
ファティマはそれを認めた。
さっきまでの感覚は、もう霧散してしまっている。
緊張が切れ、意識が弛緩(しかん)してしまっている。
それでも最後まで足掻こうと、ラケットを握り直して――
「……あ……」
声を漏(も)らしたのは誰だったのか。あるいは全員か。
ボールは陣地を分けるネットに乗ったのだ。
そこで一瞬静止して――相手の陣地へと落ちる。
落ちて……弾まない。
ころころと転がる。
スマッシュどころか、打ち返しようすらない。

「…………」

ネットイン——ラリー中にネットに当たって自陣に落ちたら失点になるが、敵陣に落ちたら得点になる。

つまりこれは、得点だ。

「ご、ごめんなさいっ！」

とはいえ、そんなアクシデントで点を取られた側は面白(おもしろ)くない。

だから晴花は、ひどく縮(ちぢ)こまって大きく頭を下げた。

だが相手側は、いっそ気持ちよいほど気にしていなかった。

「いーよ、いーよ」

「ナイスファイト」

それどころか、激しいラリーがこんな終わり方をしたのが面白くてしようがないのか、明るく笑いながらファティマたちの健闘を称(たた)えている。

「ほら、サーブはまだそっちだよ」

そして転がるボールを拾って、投げてよこした。

「ありがとうございます」

それに対してか、あるいはネットインを引きずらない態度に対してか、自分でもよくわからないまま礼を言ってファティマはボールを受け取った。

それから左手にボールを乗せて身構え、相手も身構えるのを待ってからサーブ。

……再び激しいラリーが始まった。

「頑張ったと思うんですよ、私は。それはもう、もの凄く」

球技大会とは無縁のせいで人気のない図書館前の階段に座って、ファティマはそう言った。

「それは俺も大いに認めるところだ。だからこうやって、労っているだろう?」

応えたのは空也である。

――卓球の試合は、結局負けたのだ。

ファティマは最後まで頑張り抜いたし、晴花も決して諦めなかった。

とはいえ、その程度で地力の違いがひっくり返らないのがスポーツの非情さである。

「その労いが足りないと言っているんです。死力を尽くした戦いを終えた彼女には、もっとこう……いろいろあるでしょう⁉」

「ふむ……では、こんなものはいかがかな?」

熱戦の余韻か、いつもよりテンション三百パーセント増しのファティマに軽く笑いながら、空也は缶ジュースを差し出した。

「……びっくりです」

それを見たファティマは、目を丸くした。

「まさか香良洲くんがコーヒーでもホットでもなく、冷たいスポーツドリンクを買うなんて……」

「文句があるなら俺が飲む——ああ、いや待て。そうか、女の子は身体を冷やしてはいかんのだったな。すまん、気が利かなかった。温かい紅茶でも買い直してこよう」

「文句なんてありません、ちょっと意外だっただけで。ほら、くださいよ。丁度冷たいものがほしいところだったんです」

勘違いをする空也にくすくすと笑い、ファティマは手を差し出した。

「そんなことで驚かれてもな……俺とて普通にジュースを飲むぞ？　しょっちゅうではないだけで」

軽く溜息をついた空也は、プルタブを開けてから缶を渡してやる。

「？　香良洲くん……たしかに私はあなたに比べて握力はありませんが、缶を開けられないほど非力というわけではありませんよ？」

「ラケットを強く握りしめていたせいで、右手はうまく使えないはずだ。左手で飲むといい」

言われたファティマは、差し出していた自分の右手を見た。

重たい買い物袋を持っていた時のように、小刻みに震えていた。

「お、おお……？」

「それだけお前が真剣にやっていたということだ。しばらく休めば治まる」

微笑みながら、空也はファティマの隣に腰を下ろした。

「まあ、意外というならお前こそ意外だった。秋月とは仲良くしていたし、頑張るだろうとは思っていたが……まさか、あそこまで頑張るとは思わなかった」

「惚（ほ）れ直しましたか？」

左手でジュースを受け取って、ファティマは悪戯（いたずら）っぽく微笑む。

が、空也は真顔で考え込むと、ややあってから口を開いた。

「惚れ直すとか、そういう余裕はなかったな……ただただ、見惚（みほ）れていた。頑張るお前を一瞬でも見逃したくなくて、とにかく夢中で見ていたよ」

「……ど、どど、どうしてあなたはそういうことを恥ずかしげもなく……」

どこまでも真面目に、そして馬鹿（ばか）正直に話す空也に、ファティマは真っ赤（まか）になってスポーツドリンクを呷（あお）った。

「う、うう……香良洲くん、あっち向いてください。身体ごと」

それでも治まらなかったか、ファティマは赤面したまま、空也に背中を向けるよう命令した。

「頑張るお前がどれほど素晴らしかったかを説明しただけというのに、この仕打ちはひどいと思うのだが……」

ぶつくさと言いつつも空也は素直に従って、彼女に背を向けるようにして座り直す。

「これでいいか？」

不平を色濃く滲ませて言った途端――

「ええ、いい感じです」

背中合わせに座り直したファティマが、そっと寄りかかってきた。

「まったく香良洲くんは……嬉しいことを言ってくれるのはいいんですが、ストレートすぎます。意地悪です、私が照れてどうしようもなくなるのを知ってるクセに」

「オブラートの使い方は、次回までに勉強しておく。今は正当な評価として、受け取っておいてくれ」

背中に感じる彼女の重みと柔らかさ、そして運動で火照（ほて）った身体の熱さをどうしようもなく意識してしまい、空也はドギマギしながら答えた。

「あー……いえ、やっぱりそのままでいいです。香良洲くんらしいですし……その、別にそんなにイヤというわけではないので……」

背中越しに、ファティマはごにょごにょと言い訳した。

こうも真っ正直に言われるのは恥ずかしくて仕方ないが、それでもこの気分は、心地よくもあったのだ。

「私はもう午後まで試合はありませんが……香良洲くんの方は、どうでしたっけ？」

「昼前に試合だから、もうしばらくは暇だ」

「じゃあもうしばらく、こうしていてください」

背中を預けたまま大きく伸びをしたファティマは、満足げな息を吐いた。

「ふう……香良洲くんの背中型背もたれって、どこかで売ってないですかね……」

「そんな猟奇的なもの、売っていてたまるか」

「猟奇的かはさておき、売っていてたまるかという部分には同意しましょう。香良洲くんの背中は私専用なんですから、勝手に使われるのはイヤですし」

今のファティマは本当にテンションが高い。

いつもなら決して言わないようなことを口にする彼女に、空也は苦笑した。

「誰の背中がお前専用だ」

「おや、誰かに貸し出す予定でもあるんですか？」

「そんな予定がある人間は、そうそう滅多にいないと思うが……」

「なら私が予約します。今日も明日も明後日も、今からずーっとです」

空也は、言ったファティマの背が小刻みに揺れるのを感じた。

どうやら、笑っているらしい。

「予約拒否できるか？」

「残念ながら、あなたにその権利はありません」

「俺の背中なのになあ……」

彼女につられたように笑いながら、空也はのんびりとぼやいた。

「まあ、拒否権がないなら仕方ない。今日も明日も明後日も、ずっとお前の予約済みだ」

「はい、私の予約済みです」

くすくすという、楽しそうな笑い声が背中越しに届く。

他愛もないやりとりだが、彼女は満足しているらしい。

「まったく……こんな益体もない話でいいのか？　あれだけ懸命に試合をしたんだ、一緒に戦った秋月と話したいこともあるのではないか？」

「秋月さんのことは嫌いじゃないですよ？　それどころか気に入ってます。なにしろ友達ですから」

問われたファティマは、少し困ったような声を出した。

「それに勝ったら一緒に喜びたいし、負けたら一緒に悔しがりたいとも思ってましたけど……よくよく考えたら、それってどうすればいいのかわからなくて……」

「なるほど……たしかにそれはわからん……」

昔剣道をやっていた頃は、そういう感情の機微はわかっていたような気もするのだが……改めて問われるとなにをどうやっていたのか、さっぱり思い出せない。

「でしょう？　それで、まあ、いつものようなローテンションで受け答えするのも気が引けまして……いっぱい頑張ったので香良洲くんに甘えてきます、と、お断りを」

「なんだ、そのテンション高めな逃げ口上は……」

「凄く素敵な笑顔で送り出してくれましたので、問題ないかと思いますが」

「……秋月と会った時に、俺はどんな顔をすればいいんだ……」

困り果てた空也は足を片方だけ胡座のようにすると、頬杖をついて嘆息した。

「いつも通りの仏頂面でいいんじゃないですか？」

アドバイスにもならないことを言いながら、ファティマは丸まった空也の背中で仰向けのような格好になって続ける。

「ともかく、秋月さんに嘘はつきたくないので、こうやって甘えているわけです」

「……今さらそんな言い訳が必要な仲でもあるまいに……」

「必要ですよ。香良洲くんの頭の中では、いったい私とどんな関係になっているんですか」

再び楽しげな笑声をこぼしながら、ファティマは身じろぎして背中の位置を微調整した。

「香良洲くん……眠くなってきました……」

「気が緩んで、試合の疲れが一気に出たんだろう——しばらく眠るか？　剣道の試合までは、もうしばらくの間がある」

「ん……そうさせてもらいまふ……」

よほどの睡魔に襲われているのか曖昧模糊に答えながら、彼女は力なく垂らした腕を緩く振った。

「香良洲くん……手、繋いでくださいよぉ……」

「はいはい」

不明瞭な声のせいか、やけに甘えた感じのするファティマに苦笑しながら空也は手を握ってやる。

だがそれではご不満だったらしい、彼女は手を繋いだまままさらにゆらゆらと腕を揺らしてねだった。

「恋人握りじゃないとイヤですー……」

「とっとと寝てしまえ、この駄々っ子め」

わがままな子供のように要求を重ねてくるファティマに毒を吐きながら、それでも空也はちゃんと、彼女の細い指に自分の指を絡めてやった。

第四章

Tsumetai kokou no tenkousei ha boukago, aikagi mawashite amadereru.

――午前十一時半。

剣道の試合が開始する時刻だが、会場である体育館は閑散としていた。
有り体に言ってしまえば、いるのは参加者と審判役の剣道部員くらいのものだった。

「……びっくりするほどギャラリーがいませんわ……」

「初戦から満員御礼だったら、剣道部が宣伝試合をする必要もないでしょう」

呻く蛍花にしれっと答えながら、ファティマは小さく欠伸した。
空也に背中を預け、手を恋人握りしてもらって寝たら、思いの外深く眠れたのだが……まだ眠気が残っていた。顔を洗ったというのに、どうにも気怠さがある。

「なら白熱した試合、もしくは見事な指導をやってのけて、噂を作るしかありませんわね」

「魚飼はタフですねえ……あと優しければ、生きていく資格もゲットです」

「い、いふあいわずんとはーど、あいうっどびーあらいぶ……」

「うわあ……蛍花ちゃん、発音が最低の上に、タフだったせいで死んじゃってるよ……」

「テストはもう終わったのだから、どうでもいいですわ！」

テスト勉強の後遺症で、ファティマの言葉で思い出した例文をとっさに暗唱しようとした蛍花は、晴花にツッコまれて開き直った。

「だいたい、か弱い乙女をタフガイ扱いするものではなくてよ⁉」

「そういやファティマちゃん」

喚く蛍花をあっさりスルーして、晴花はなにか期待するように目を輝かせながら切り出した。

周囲を素早く確認、まだ空也たちが来ていないことを確認してから、それでも彼女は声を潜めて続ける。

「香良洲ちゃんにばっちり甘えられた？」

「ええ、それはもう存分に」

ファティマはことさらクールを気取って、澄まし顔で答えた。

「そういえば、そんなことを言ってましたわね……甘えるクレイというのも正直想像できませんが、甘やかす香良洲というのはもっと想像できませんわ」

スルーされたことを引きずらず、心底わからないという表情をする蛍花に、ファティマはシニカルな笑みを返した。

「な、なんですの？　その不敵な笑みは……」

たじろぐ蛍花に、ファティマは悠然と口を開いた。

「私が身を委ねると、香良洲くんはこう、手を握ってくれて……」

ファティマは言いながら蛍花の手を取ると、再現するように指と指を絡める。

「うわあ、うわあ……か、香良洲ちゃん、意外と大胆なんだねえ……」

「？　俺がどうした？」

噂をすれば影とばかりのタイミングで、剣道の防具を小脇に抱えた空也がひょっこりと現れた。

その彼に蛍花はびしっと指を突きつけると、真っ赤な顔で喚き立てる。

「あ、あなた……いったいなにをやってましたの⁉」

「防具を借りに行っていた。お前こそファティマと手を繋いで、なにをやっているのだ？」

「そ、それは、その……」

言葉に詰まった蛍花に代わって答えたファティマに、空也は渋面になった。

「先ほど香良洲くんにしてもらったことを、説明していました」

「隠すことでもないが、かといって言いふらすことでもなかろう……」

「魚飼が甘やかしてくれる香良洲くんを想像できないなどと言うもので、つい……さて、続けましょうか」

言ったファティマは繋いだ手を持ち上げると、ダンスのようにというか背面投げのようにというか、ともかく鮮やかな体捌きで蛍花と背中合わせになる。

「――と、このような体勢で一眠りさせてくれました。無論、手は起きるまでずっとそのままです」

ファティマは、羨ましいでしょうと言わんばかりのしたり顔をした。

が、晴花は拍子抜けした顔になって、口を開いた。

「……ファティマちゃんと香良洲ちゃんって、ラブラブだけどラブラブじゃないよね……なんか、その一歩先に行っているって言うか……」

「まあ、くーちゃんだからね……縁側で日向ぼっこしてるようなまったり具合が、一番似合ってるんじゃないかなあ……」

「……なんだろう、この否定できないという敗北感は……」

続いてやってきた紅葉に言われ、空也は嘆息した。

のんびりと過ごすのは嫌いではないが、まるで老人のようで嫌だったのだ。

「私は好きですよ、のんびり日向ぼっこというのも。どうです？　梅雨が来る前に小縁さんの家の縁側でのんびりするというのは」

「ふむ……」

ファティマに提案され、空也はしばし吟味した。

幸いファティマは小縁とも仲がいいし、たまには祖母も交えた三人でのんびりするのもいいかもしれない。

「そうだな……祖母ちゃんと三人、軍人将棋でも指しながらのんびりと過ごすのも悪くないやもしれん……」

「嫁姑(しゅうとめ)問題がないのは結構ですけど、テスト明けの高校生が縁側で過ごしたいって言い出すのはどうなんですの……せめて温泉旅行くらいにしておきなさいな」

あっさりと翻意(ほんい)した空也に、蛍花はファティマの手を引き剝(は)がしながらもの申した。

「先立つものがない」

「あったとしても、なんで落ち着く家から出なくちゃいけないんですか」

「縁側も温泉旅行も、どっこいじゃないかなあ……」

「けーちゃんもこれで、結構そっち側なんだよなあ……」

「ええい、お黙り！　それより対戦相手はどこのどなたですの⁉」

否定に続いてツッコミまで受けた蛍花は、形勢不利と見たか話を変えた。

「んーと……一年の土方(ひじかた)くん。ほら、男子剣道部期待の一年生の」

強引(ごういん)なやり方だったが、続ける意味もないしそろそろ頭も切り替えなくてはならないところだ、晴花はこれ以上ツッコむことなくあっさりとそれに乗った。

「土方……悪いとは思うけど、やっぱり連想しちゃうなあ……」

「まあ、な……」

剣道と土方で同じものを連想したのか、呟(つぶや)く紅葉に空也は短く同意した。

「実際、名前負けしないくらい強いよー。あ、楢崎(ならさき)ちゃんと香良洲ちゃんは、垂れに名前書いといてね。はい、チョーク。あとタスキ、こっちは白ね」

そんなふたりに、晴花はテキパキと準備を促す。

「さすがはマネージャー、準備がいい――くーちゃん、オレの名前書いてよ。オレじゃあくーちゃんみたいに格好良く書けないいし」

「お前の名前は面倒なのだが……それで、順番はどうする？」

剣道は面をつけるため、顔が見えない。そのため『垂れ』と呼ばれる腰につける防具に名札をつけるのだが、現役剣道部ではないふたりは蛍花と違ってそれがない。

だからチョークで直接書き込んでその代わりとするために、床に垂れを置いて名前を書き始めながら空也は尋ねた。

「剣道部相手ですし、私が先鋒で出ますわ。香良洲は約束通り大将だから、中堅は紅葉。あなたたちはしっかり見て、昔の感覚を取り戻しておきなさい」

「？」

蛍花の言葉にふと引っかかりを覚えて、空也は顔を上げた。

「気弱だな。お前なら、腰に手を当てて反り返りながら高笑いして、出番はないから素振りでもしてなさいとでも言うかと思ったのだが……」

「……あなた、わたくしをなんだと思ってますの……？」

ひどい言いがかりをつける空也にゲンナリした顔をして、蛍花はそっと嘆息した。

「香良洲がどう思っているか知りませんけど、わたくし、自分がそんなに強くないとわかってますもの。恥をかくような大言壮語をする趣味はありませんわ」

「ふむ……こーちゃん、ひとつ言ってやるといい」

わずかばかり自虐の滲む蛍花の物言いに、空也は名前書きに戻りながら紅葉へと話を振った。

「試合なんていっぱいある強さの物差しのひとつだよ。それに武道なんてものはさ、イヤなものはイヤと言えるようになれれば十分なんじゃない？」

「魚飼の竹刀は、柄が手垢で真っ黒だ。そこまでやってるなら強いはずなどとは微塵も思わないが、そこまで鍛錬できるのも強さだから、その点は自信を持っていい――と、こーちゃんは言っている。わかりにくいんだ、こいつの言いたいことは」

「くーちゃんにだけは言われたくない」

とかく持って回った言い回しを好む空也に言われ、紅葉はぶすっとした。

が、すぐに表情を戻すと蛍花を見る。

「そりゃまあ、試合に勝てるなら勝てた方がいいと思うよ？　わかりやすいし、なによりなにかをできたって実感がある。けどさ、竹刀の柄がそんなになるまで練習できるっていうのも強さだと思うよ？　だからけーちゃんは十分、強さを身につけているんじゃないかな？」

「なんというか……格好いいセリフで丸め込まれている気がしますわ……それはさておき」

精神論めいた紅葉の言葉に不得要領といった顔でぼやいてから、蛍花は続けた。

「ふたりとも、わたくしが試合に勝てないことを前提に話してません？」

そして、試合が始まった。

両者ともに構えは中段、気勢を上げ、バチバチと切っ先をぶつけ合って打ち込む隙を作ろうとしている。

「ちゃんと構えている相手には、打ち込めんのだ。まずはなんとかして構えを崩さないことには、切っ先を躱して潜り込むことすらままならん」

そう説明したのは、試合場の範囲として床に貼られたビニールテープ近くに端然と正座する空也である。

剣道着を着ているというわけでもないのに、そうやって座っているだけで選手であるとはっきりわかるのは、さすが昔取った杵柄といったところか。

（向こうがまったくそう見えないから、逆にこちらが際立っているだけかもしれませんが……）

胸中そう思いながら、選手ではないので彼の斜め後ろに控えるファティマは対戦相手の一年生たちを見た。

向こうも剣道部員はひとりだけ、残るふたりは部外からの参加者なのだろうが、正座せずに胡座をかいていた。

それだけでなく、落ち着かない様子でちらちらとこちらに視線を寄越している。

「ファティマちゃんが気になるんだよ。観戦に来るなんて思ってもみなかっただろうし」

「まあ、私だって香良洲くんが出なければ観戦しようなどとは思わなかったでしょうね」

苦笑する晴花に、ファティマはそれを素直に認めた。

実際、剣道に興味はない。というより、球技大会そのものに興味がない。

自分の出番がなければ、図書館のあの避難所にでも引きこもっていただろう。

観戦しているのは、あくまで空也が出るからであり——

（いえ……秋月（あきづき）さんが出るなら、香良洲くんが出なくても応援に来たかもしれませんね……あと、魚飼が出る場合でも）

我ながら、随分変わったものだと思う。

いや、他人が嫌いなのはあくまで詮索が鬱陶（うっとう）しいからであり、そうでない相手なら元々こういうことをする人間だったのかもしれない。

「それで、形勢はどうなんですか？　私には、互角にしか見えないんですが」

蛍花の試合中だというのに物思いに耽（ふけ）りかけているのを自覚して、ファティマは晴花に尋ねた。

「まだお互い出方を窺（うかが）ってる最中だし、あたしにも互角にしか見えないかなあ……男子ふたりはどう？」

「さすがにわからんよ。強（し）いて言うなら魚飼の攻め気が勝っているが、それくらいだ」

「そうだねえ……一見けーちゃんの方が押してるように見えるけど、あの土方って一年がどんな剣道するか、わかんないしねえ……」

女子ふたりより男子ふたりの方が見えているようだが、それでもどちらが有利かまではわからないらしい。

「まあ、普通に考えたら、鍔迫り合いはけーちゃんのが不利だよね」

「普段の言動から鑑みるに、素直に正面からやりそうだしな……秋月、魚飼は怪力だったりタングステンでできていたりするわけではないのだろう？」

「蛍花ちゃんは普通の女の子だよぉ。いくら年下だからって運動部の男の子より力持ちってことはないし、そんなロボットだったりしないって」

それでも、剣道のことなどわからないファティマに気を遣ってか、わからないなりに一般論を述べたふたり、特に愉快なことを言い出した空也に、晴花はくすくすと笑いをこぼした。

「タングステン……化学のサービス問題って、タングステンでしたっけ？」

「いや、あの選択肢の中ではクロムだ。炭化タングステンだったらクロムより硬いが、選択肢はただのタングステンだったからな」

「……サービス問題なのに、なんでそんなに意地が悪いんですか……」

「サービス問題と油断させておいて、点を落とさせる罠だからだ。といったところで、焦って食いつかずによく見ればわかるのだが……あの教師は、そういうことをよくやる」

「って、なんか違う話してるし……」

気づけば違う話を始めているふたりに、晴花は苦笑した。

このふたりは、すぐに変な方向に脱線する。そのクセ、本筋を忘れたりしない。

それこそ、油断させておいてという雰囲気がある。

獲物との間合いを慎重に計り、一撃を狙う狼のそれだ。

なにに対して、どうしてそんなことをするのかはさっぱりわからないが……このふたりはそれが普通で、疑問など抱くまい。

「――そろそろ動くぞ。仕掛けるのは……まあ、見ていろ」

事実しっかり見ていたらしい、空也は試合に集中するよう、ファティマに促した。

「言っておくが、卓球より早いぞ。達人同士の比較だが、カウンタードライブはコンマ一八秒、竹刀が面に打ち込まれるのはそれ以下、コンマ一秒だ」

「くーちゃんは、数字好きだよね……それでどうして数学が苦手なんだか――あ」

空也の解説に、蛍花たちから視線をそらさず紅葉がツッコミを入れた瞬間、試合が動いた。

対戦相手である土方の竹刀の切っ先が、打ち込もうとして跳ね上がる。

その瞬間に蛍花の竹刀が相手の小手に打ち込まれ、快音が響いた。

まさしく電光石火、空也に注意されていなければ見逃していただろう高速の攻防。

「ちゃんと構えている相手には打ち込めない。だが、相手が打ち込もうと竹刀を振り上げれば、構えは崩れる。そこに打ち込む技を出端技（ではなわざ）という。今のは出端小手（ごて）。面を打つのにコンマ一秒と言ったが、小手は近い分もっと早い」

その攻防の術理を説明してから、空也は苦笑した。

「と、解説してみたが……無粋だな。見事だった。実に見事な一撃だった」

「うん。今のは完璧（かんぺき）だった……」

「そうだねえ……」

剣道に理解のある三人が三人とも絶賛するあたり、素人（しろうと）のファティマの目にそう映っただけなのではなく、本当に見事な一撃だったのだろう。

そしてそれは当事者たちも同じなようで、ともに残心――もし今のが入っていなければ試合続行なため隙なく構えてはいるものの、動かない。

両者ともに、今のは一本だったと思っているからだ。

だが……

「無効だよー。浅いし、全然ダメー」

審判役の女生徒は、旗を上げなかった。

だらりと下げた紅白の旗をぶらぶらと振って、有効と認めなかった。

「……香良洲くん」

「気剣体、いずれも十分。ルール変更でもされていない限り、間違いなく一本とされる一撃だ」

「審判！　今のは誤審だ！　入ってたじゃないか！」

「素人は黙っててくれる？　審判の判定は絶対なんで、しつこいなら失格にするよー？」

たまらず異議を申し立てた紅葉に、女生徒はへらへらと笑いながら応えた。

「腹の立つ態度ですね……ああいう審判を退場にできるルールはないんですか？」

「残念ながら。それに、審判の判定が絶対っていうのも本当。異議申し立てできるルールはないんだよ。異議申し立てできないことに異議申し立てできるルールはあるけど……審判は公正な判断をするものってのが不文律だし、本来は三人制だから」

当然といえば当然だが、しかしどのスポーツにもないだろうルールの有無を尋ねるファティマに、晴花は心底悔しそうな顔をした。

「三人だから不正がなくなるというものでもないがね」

よくあることだと言わんばかりの態度で冷静に吐き捨てて、空也は続けた。

「――こーちゃん。次、俺が出ていいか？」

「ダメだよ。いくらくーちゃんでも、これは譲れない」

空也の言葉に、紅葉は固い声で答える。

見かけこそは不良じみているが、柔和で温厚な彼らしくもない、強い怒りを感じさせる声だった。

そんな彼に、空也はもう一度呼びかけた。

「こーちゃん」

「オレが――」

「――紅葉」

皆まで聞かずに言い返そうとした紅葉にこそ皆まで言わせず、空也は静かに彼の名を呼ぶ。

「俺はお前の、そうやって誰かのために損得抜きで怒れるところは好きだし、尊敬もしている。けど今はそうじゃない。違うだろう？　あんな三下を叩き潰すなんていうのは、俺にでも任せておけばいいんだ。お前は、魚飼の側にいてやるべきだろう？」

「……ごめん。くーちゃんの言う通りだ」

穏やかに諭された紅葉は、肩の力を抜いた。

「気にするな。最初に言ったぞ。そういうところは好きだし、尊敬もしていると」

涼しい顔で言い、空也は試合へと視線を戻した。

「………」

そんな彼らのやりとりに、ファティマはふと違和感を覚えた。

紅葉が怒るのはわかるし、空也がそれを窘めるのもわかる。

なにしろ露骨な不正の上、審判のあの態度だ。

真面目に剣道をやっていればいるほど、許せるものではあるまい。

ましてやそれで泣きを見たのが幼馴染み(おさななじ)となれば、なおさらに。

だから紅葉は怒ったのだし、そうなれば空也は自ずと(おの)抑え役に回るだろう。

なにも不思議はない。不思議はないはずなのだ。

なのに……紅葉はあまりに怒りすぎな気がしたし、ここ一番で正しさを重んじる空也にしては冷静すぎる気がした。

「………」

そっと窺った空也の横顔からは、なんの感情も読み取れない。

彼はただ黙って、試合を見つめている。

その先で……すっかり精彩を欠いた蛍花が、負けていた。


選手の控え位置に戻り、紅葉の隣に正座した蛍花は、のろのろと面を外した。

まさしく意気消沈という有り様で、見ていられたものではない。

そうやってしばらく俯い(うつむ)たまま沈黙していた蛍花は、そのままの姿勢でぼそりと尋ねた。

「……次は紅葉ではありませんの？」

「くーちゃんが出るって。オレが出て、あんなの叩き潰してやるって思ったんだけどね……そんなのは任せておけってさ。まあ、そうだよね。あの一年生を叩き潰してどうするんだって話。ちょっと、頭に血を上らせすぎた」

　後悔を滲ませて言う紅葉に、蛍花はのっそりと顔を上げた。

「それは、香良洲が出ても同じことではないですの？」

「くーちゃんなら、なんとかするよ。それくらい凄い選手だったんだ、くーちゃんは。だから向こうは心配ないよ」

　答えた紅葉は座り直し、全身を蛍花に向けた。

「あの出端小手は入ってた。有効だった。はっきり言えばあの一年よりけーちゃんの方が弱かったけど……勝ったのはけーちゃんだ。誰がなんと言おうと、先に一本取ったのはけーちゃんだ」

「……そんなことを言うために残ったんですの？」

「そんなことじゃない、大切なことだよ。判定も試合の勝ち負けもどうでもいい。けーちゃんのあの小手は入ってた、絶対に入ってたんだ」

「……――」

　力説する紅葉になにかを言おうとして言葉が見つからず、蛍花はくすりと笑みをこぼした。

「一年もブランクのある選手が有効だと言って、どれほどの重みがあると思ってますの？」

「う……そうだよね。ごめん……」

「でも、素直に受け取っておきますわ。ええ、あの小手は入っていました。勝ったのはわたくしです」

そう言う頃には、蛍花はちゃんと背筋を伸ばしていた。

「まったく……落ち込んでる魚飼なんて不気味で仕方ないんですから、ほどほどにしておいてください。あなたはそうやって、無駄に自信満々でいる方がお似合いです」

「誰が無駄に自信満々ですか。わたくしの自信は、ちゃんと努力に裏打ちされたものでしてよ」

ちくりとひどいことを言うファティマに、蛍花はつんと澄まして胸を張った。

「……素人の意見ですが、私もあれは入っていたと思います。真剣なら、間違いなく相手の腕を斬り落としていたはずです」

「さらりとおっかないことを言いますわね……たしかにそれは、一本の目安ですけど……」

が、特に表情も変えずに淡々と続けられたファティマの言葉に、蛍花はドン引きした。

「まあ、あの子は適当にやりたいエンジョイ勢で、練習熱心な蛍花ちゃんのこと煙たがってるからね。だからってまさかちゃんとジャッジしないほどバカだとは思わなかったけど……適当にやりたいんだったらひとりで勝手にやってればいいのに、どうして審判まで引き受けて他人に嫌がらせするんだか。豆腐の角に頭ぶつけて死んじゃえばいいんだ、あるいはうどんで首を吊って死ね」

しかし、晴花はもっと苛烈(かれつ)だった。

空也が使いそうな悪口雑言を並べ立てて、口汚く罵(ののし)る。

「う、魚飼……秋月さんが黒いのですが……」

「あら、知らなくて？　晴花は時々真っ黒になりますのよ――なんて余裕かましたいところですが、わたくしも正直怖いですわ……」

「あ、始まるよ。香良洲ちゃんの試合」

恐れ慄くふたりを気にした風もなく、晴花は試合へと視線を向けた。

それに促されて目をやると、試合開始直前だった。

これも特別ルールで勝ち抜き戦なため、相手は引き続き土方。

その土方と、ジャージに防具という格好の空也が試合場中央で竹刀を左手に提げたまま向き合って一礼、抜刀。

剣道独特の、構えたまましゃがんだような格好の蹲踞をし、立ち上がる。

「………」

――それだけなのに、ファティマは息を呑んだ。

先に行われた蛍花の試合の時、皆出だしの探り合いだからどちらが有利とかわからないと言っていたが……これは、誰の目にも有利不利が明白だった。

お互い中段の構えで向き合っただけなのに、もはやこの時点で格が違う。

剣気とでも呼べばそれらしい、凛と張り詰めた気配。

相手の喉元に向けた切っ先の鋭さ。

そのクセ、どう仕掛けても対応される予感がするほどのしなやかさがある。

「……香良洲って何者なんですの？」

剣道部員である蛍花の目から見ても、空也は図抜けているらしい。

彼女は、呆然（ぼうぜん）としていた。

「私だって、中学時代は剣道部員だったとしか聞いていませんよ……」

ファティマは構える空也から一瞬だけ目をそらし、彼の中学時代を知っている紅葉を見た。

「西一中の化けガラス、なんて格好悪いあだ名もあったけど、オレは空也斎村正って呼んでた。だってさ、中学生の知っている範囲なんて高が知れてるけど……オレは、くーちゃんより強い選手なんて見たことないもん」

「それで、どうして天下の名刀じゃなくて名にし負う妖刀になるんですか……」

中学生らしいセンスといえばそれまでだが、それでも気になってファティマは尋ねた。

「見てればわかるよ。だってわけわかんないから」

「はあ……」

紅葉の言葉こそわけがわからない。

そう思いながら、ファティマは空也の動きをなにひとつ見逃さないよう目を凝らす。

「？」

その視線の先で、空也が小手を打ち込んでいた。

ただ――まさしくわけがわからなかった。

相手は動いていない。ちゃんと構えている相手には打ち込めない、どうにかして崩さなければならないと言ったのは空也だったが……その空也が相手の構えを崩すこともせず、平然と打ち込んでいた。

ただ、やはり旗は上がらなかったが。

「バカだなあ……誰の目から見ても明らかなのに。これじゃあ気に入らないから有効にしませんって自白してるようなものだよ」

いっそ気の毒とばかりに、紅葉は嘆息した。

そうしている間にも、快音が再度響いた。

またしても空也が、微動だにさせず小手へと竹刀を打ち込んだのだ。

一本とならないことに動揺せず、ただ淡々と。

それが続く。

まるで素振りでもするような気安さで、構えている相手に一撃を繰り出して命中させる。

あまりの異様さに沈黙していた周囲も、徐々に気づき始めた。

一回ならただの偶然、ラッキーパンチならぬラッキーヒット、あるいは剣道部員である一年生が油断しただけとも思えるが、こうも続けばそれはない。

――なぜあれが一本にならないのか。

——審判はなにを見ているのか。

——剣道部が負けるのが嫌だから、ズルしているのではないか。

快音が響くごとに、周囲のざわめきも大きくなっていく。

それだけでなく、試合を終えたほかの生徒たちまで集まってくる。

その中で悠然と、しかし一度たりとも外すことなく小手を打ち続けていた空也は、ぴたりと中段の構えに戻ると口を開いた。

「剣道に降参はないが、負けを認めるなら竹刀を捨てるがいい」

気負いもなにもない、むしろ穏やかな声だった。

一年生はそんな空也の降伏勧告にしばし迷って竹刀の切っ先を揺らしてから……ゆっくりと、竹刀を床に置いた。

「恥じるな。悔しかろうと負けを受け入れるのも強さだ、誇っていい強さだ」

優勝劣敗を審判に委ねず自身の判断として敗北を認めた一年生を称えると、空也は構えを崩さないまま凛と張り詰めていた空気を緩める。

その前で一年生は竹刀を拾うと、空也に向き直った。

そして試合開始の時のように中段のまま向き合い、蹲踞し、納刀。

立ち上がり、相手から視線を外さず下がって互いの間合いから抜け、一礼する。

整然とした、非の打ち所のない礼法だった。

――ただ一点、審判を完全無視したことを除けば。

だがそれでも観客はこれで試合終了と受け取り、わっと沸いた。

「なんかよくわかんないけど、すげえの見た……」

「なにあれ？　剣道部の仕込み？」

「劇みたいだったよねー。ジャージの方、思いっきり芝居じみた喋りだったし」

「劇っていうか、時代劇？」

「――――……」

「――――……」

「…………」

口々に一戦の感想が交わされるのを気にした様子もなく、試合場脇の選手控えに戻った空也は端然と正座すると面を外し、口を開いた。

「一番苦労したのは、あの一年の面子を立てる方便だったが……おおむね計算通りだ」

「お疲れさまです、香良洲くん。ちなみに、なにが計算違いだったんですか？」

おおむね、ということは、計算違いがあったということだ。

全て空也の手の平の上という感じだったのに、なにを間違えたのかと不思議に思い、労いながらファティマは尋ねた。

「……俺はそんなに芝居じみているか？」

「いいんじゃないですか？　香良洲くんには似合ってますし」

「……暗に肯定しているではないか……」

憮然（ぶぜん）とした顔で、空也はぼやく。

それに、皆が一斉に吹き出した。

まるでここまでが空也の計算だったかのように、蛍花も含めて笑っていた。


――団体戦一回戦は、そこで終了だった。

一年生が、続く中堅と大将戦を辞退したからだ。

第五章

Tsumetai kokou no tenkousei ha houkago,aikagi mawashite amadereru.

昼休み――

「それにしても……香良洲はいったい何者なんですの？」

ごった返す食堂を避け、閑散とした図書館近くの芝生にシートを敷いて行楽気分の昼食中、蛍花が問うた。

「どこにでもいる普通の高校生だが？」

「どこがですの？　そもそも普通の高校生は、サンドイッチがもっと似合いましてよ」

半眼で言う蛍花に、空也は顔を引きつらせた。

「サンドイッチが似合わないとは、また随分な悪口もあったものだ」

「うぅん……似合わないとは言わないけど、香良洲ちゃんはお団子の方が似合うかなあ……」

「お結びもいいよね。というより、握り飯？」

「やっぱり、お弁当はお握りの方がよかったですかね？」

「あら、これはクレイが作ったものですの？　美味しいですわね……」

言いながら蛍花は、並べられた弁当の数々を見た。

別に、ひとりが全員分をまとめて作ってきたというわけではない。

当日は弁当にしようと事前に決めて、大規模なおかずの取り替えっこというか、シェアして食べているのだ。

とはいえ球技大会、つまりイベントの昼食だということもあってか、メニューの傾向はだいたい同じ、サンドイッチやらお握りやらだ。

ただその中で、空也たちの弁当だけは異彩を放っていた。

サンドイッチはサンドイッチでも、こんがり焼いて縁を閉じたホットサンドだったのだ。

食べやすく対角線で三角形に切られたそれからは色とりどりな具が覗き、付け合わせには白くてふわふわとした、正体は不明だが美味しそうなものがある。

「そうですかー、美味しいですかー」

蛍花の賛辞にファティマはにっこりと笑うと、軽く片手を上げた。

「こちら、シェフでございます」

「大将ということで楽をさせてもらうつもりだったのでな、その分昼食に手間をかけてみた」

「え……香良洲ちゃんが作ったの……？」

ぎょっとして、晴花は手元にあるタマゴサンドを見た。

いや、正確にはタマゴサンドらしきものだ。

なにしろ具は黄色一色で、白がない。

「ネタばらししてしまうと、倉庫にホットサンドメーカーがあったのだ。ほら、この前うちで勉強会をした時、倉庫に鍋を取りに行っただろう？　その時に見かけてな」

「それもだけどそうじゃなくて……これって、なに？　卵だけど卵じゃないよね？」

「勉強会の時に、それも言いましたよ。香良洲くんは、お箸で黄身をすくえるって」

なぜか自慢げに言うファティマに納得した晴花の目に、付け合わせが留まった。

つまり、この白くてふわふわした謎の物体は……

「じゃあこれって……玉子焼き？」

「うむ、白身だけの玉子焼きだ。ファティマが焼いてくれた、うまいものだろう」

今度は空也が自慢げに言い、そして彼は爪楊枝でその白い玉子焼きを一切れ取った。

「ま、まあ、香良洲の意外な洋食料理はさておいて、わたくし、あなたがあんなに強いなんて思ってもみませんでしたわよ？　――その白い玉子焼き、わたくしにもくださる？　こちらからは里芋の煮っ転がしを出しますわ」

「よかろう、取引成立だ――うむ、味が染みててうまい。が、サンドイッチの付け合わせというのはどうかと思う」

「うるさいですわよ、昨晩の残りものなのですわ――それで？　紅葉から少し聞きましたわよ、なんでも香良洲より強い選手を見たことがないとか」

「？」

問い詰める蛍花に、空也は顔に疑問符を浮かべた。

「こーちゃんは鏡を見たことがないのか？」

「さすがにあるって。あ、くーちゃん、そのテリヤキサンドいい？」

「大物を……」

しばし苦悩してから、結局空也は交換に出すことにした。

「まあ、中身はレトルトだ、よかろう。代わりにこちらは……ええい、お握りでは具がわからんではないか」

「小松菜、鶏の唐揚げ、梅しそのどれか」

「つまり、香良洲ちゃんより楢崎ちゃんの方が強かったってこと？」

「その通り——ちっ、唐揚げか。悔しそがよかったのだが……」

「肉を取ったんだから、文句言わないでよ——まあ、試合ではね」

どう考えても鶏の唐揚げが当たりだろうに悔しがっている空也を脇目に、紅葉が晴花に答えた。

「とはいえオレは一本取るのが得意なだけで、ほら、試合中もちょっと言ったでしょ？　空也斎村正って。あんな芸当、オレにはできないもん」

「謙遜するなよ、鬼神紅葉」

「鬼神って……」

妖刀に続いて鬼と来た、苦笑いして蛍花は紅葉を見た。

「虫も殺さぬような顔をしてな、それはもう鬼のような男なのだ、こーちゃんは」

何度も頷きながら、空也も紅葉を見た。

「特に面が恐れられていた。生まれてこの方、打たれた面が外れて床に激突するところなんて見たことがない。正直首が落ちたかと思ったぞ、あれは」

「うわあ……鬼だね、楢崎ちゃん……」

「いや、あれは相手が面紐をちゃんと結んでなかっただけだって。というか鬼神紅葉って、くーちゃんしか言ってなかったじゃん」

いささか引いた様子の晴花に、紅葉は慌てて弁解した。

「お前が空也斎村正とかいう人聞きの悪いあだ名を広めるからだ。俺には八咫烏という格好いいあだ名があったというに……」

「駄洒落じゃないですか……しかし、どうして空也斎でもなく村正の妖刀でもなく空也斎村正なんですか？」

あんな相手が斬られ放題になるような戦い方をするなら妖刀もやむなしとは思ったが、あえてそこには突っ込まず、ファティマはそう尋ねた。

「ほら、伊東一刀斎とか柳生連也斎とかいらっしゃいますでしょう？　そんなノリではありませんの？」

「知っているのが当然のように言われましても……」

どちらもファティマの知らない名だが、言われてみればそんな気もする。

だがそれだけでもないらしく、紅葉が口を挟んだ。

「あるんだよ、村正作の刀のひとつに、空也ってのが」

「まあ、脇差（わきざ）しだがね。人間など空を斬るのと同じくらいの手応えしかないという凄（すさ）まじい切れ味を称（たた）えて、持ち主がそうつけたそうだ。それをたまたま社会の時間に聞いたこーちゃんが一刀斎とか連也斎にちなんで言い出したのが、空也斎村正というわけだ」

「空を斬るのと同じ……」

ますます言い得て妙となってきた。

なにしろ素振りするのと同じように小手を打ち込んでいたのだ、それこそ空を斬るのもひとに打ち込むのも同じというものだ。

「まあ、今回はこーちゃんの頼みとあって特別に竹刀（しない）を握ったが、俺は本来剣道をやめた身だ。今後その名で呼ばれることなどあるまいよ」

「…………」

せいせいするとばかりに言った空也に、ファティマはふと疑問を覚えた。

空也は強い。ブランクがあるというのに、一年生とはいえ現役（げんえき）剣道部員を子供扱いするほどに強い。

それは尋常ではない強さであり……それほどになるには、相応の稽古をしたはずだ。熱心に打ち込み、懸命に練習した結果のはずだ。未だ彼の手に残る竹刀ダコが、それを証明している。

なのになぜ、彼は剣道をやめてしまったのか。情熱を、どうして失ってしまったのか。

「香良洲くんは――……」

問いかけて、やめる。

お互い詮索しないという前提は、もうなくなっている。

しかし、だからといって気安く踏み込んでいいこととは思えなかった。

情熱を傾けてやっていただろうことをやめるなど、よほどのことだ。

もしかしたら、語りたくない出来事があったのかもしれない。

それを興味本位で掘り返すなど、誰であれやっていいことではない。

知りたくはあったが、ファティマは疑問を飲み込むことにした。

「……ファティマ」

そんな彼女の葛藤に、空也は気づいたらしい。

真剣な目を彼女に向けて、小さく言う。

「後で少し、話を聞いてほしい」

「……はい」

ふたりがなにやら話し合っていることはわかっただろうが、蛍花はなにも言わずに話を切り替えた。

「さて――わたくしたちも晴花たちも午後に二試合残っていますわ。気張っていきますわよ！」

◆◇◆◇◆◇◆

球技大会一日目は、つつがなく終了した。

午後の卓球は、大方の予想通り二試合とも敗北。だが晴花は運動が苦手なりに頑張っていたし、ファティマも最後まで走り回っていた。

剣道は二戦とも勝利。ずっと先鋒(せんぽう)を務めていた蛍花が負けることもあったが、中堅の紅葉が勝ち抜き、空也が出ることはなかった。

そうして日が暮れる頃解散となり、ふたりはいつもの通学路ではなく、違う道を使って帰宅していた。

いつか夜桜デートをした道だ。遠回りになるが空也がそうしようと言い、ファティマもそれに従ったのだ。

理由はわかっている。

話を聞いてほしいと言いながら、空也はまだなにも話していない。

つまりそれを話すための遠回りなのだろうが、彼はただ静かに歩いていた。

いつも通りゆったりとした、ファティマが並んで歩きやすい足取りで。

ファティマもあえてなにか言おうとせず、ただ彼の隣を黙って歩いていた。

やがて――

「桜も、随分と寂しくなってきた」

空也は一本の樹の前で足を止めた。

ファティマが新月の晩だというのに、月が綺麗だなどと言い出したのと同じ場所だった。

「葉桜も、私は嫌いではないです。いえ、毛虫が多いのはイヤなので、見るのは嫌いではないという意味ですが」

慌てて付け足したファティマにくすりと笑うと、空也はそれでも花をいくらかは残している桜を見上げた。

そしてそのままの姿勢で、ぽつりと呟いた。

「……昔、審判の不正に遭ったことがある」

「…………」

ファティマは、ただ黙って頷いた。

先を促すようなことはしない。

「別に、大会というわけではなかった。女子剣道部との練習試合、非公式の校内戦だ」

そう、ただの練習試合だ。

記録に残るわけでもない、よくある練習の一環だ。

「相手は女子剣道部の部長、審判も三人とも女子剣道部。それでも俺は、公正な判定が行われると思っていたよ。子供だったんだろうな、不正をするだなんて考えもしなかった……」

だが違う。不正は行われた。

「試合開始直後、俺の出端小手。会心の一撃だった。入ったという手応えがあった。相手も、一本取られたという顔をしていた。だが旗は上がらなかった。今でいう忖度というヤツだ。なにしろ相手は部長で、身内贔屓をしたんだろう」

空也の声は、ひどく陰鬱なものだった。

嘲笑的で、軽蔑が滲んでいた。

「顧問は言ったよ。今の入ってたんじゃない？　と。それから続けてこうも言った。まあいいや、続けて続けて、と」

声の調子は変わらない。

ただ陰鬱に空也は続ける。

「相手は構え直して……俺は馬鹿馬鹿しくなった。確実に入った一本がまあいいやで片付けられるのに、なにをすればいいというんだ」

たかが練習でと言うひともいるかもしれない。

だが、空也には違ったのだ。

練習でも試合は試合として、真面目に取り組んだ。

誠実に剣道と向き合い、真剣に勝とうとした。

なのに……顧問すらもがそれを裏切った。その真剣さを踏み躙った。

「顧問には嫌われていたからな、俺は。顧問としては青少年らしい、駆け引きもなにもなく真っ直ぐにぶつかる剣道を期待していたんだろうさ。俺のように手練手管を尽くし、相手の隙を引き出してそこに打ち込むような剣道はお呼びではなかったというわけだ」

「…………」

ファティマは、理解した。

剣道の試合の時、ああも怒る紅葉に、空也が蛍花についていてやれと言った理由。それに紅葉が素直に従った理由も。

きっとその時、紅葉は怒りに任せて次の試合に出たのだろう。

だが空也は、そんなことより親友に側にいてほしかったのだ。あの一本は入っていた、間違っているのは審判だと言ってほしかったのだ。

そして……そんな過去があるからこそ、空也は重大な局面では正しさを優先する。いや、不正をすることを拒絶する。

「それ以降、もうやる気なんてどこかへ行ってしまったよ。どうせ審判の気分次第で勝敗が決まるんだ、真面目にやる意味はない。まあ、それでも俺は強かったからな、特待生の話も来たさ。無論、断ったがね。ああ、その時の顧問の顔といったら、実に滑稽だったとも」

空也は、笑っていた。

ひどく乾いて、ただ笑っている形に顔を歪めただけのような笑顔。

それがファティマには、まるで泣き顔のように見えた。

「俺が怪我をしたのは、そのしばらく後だ。右脚を変な風に踏み込んでしまっていたらしく、鍔迫り合いの最中に膝を捻り折った。重傷だが自業自得、適当にやっていたから仕方ない。だが相手には、悪いことをしたと思っている。トラウマになっていなければいいのだが」

「それじゃあ、香良洲くんがゆっくり歩くのは……」

「今も少し後遺症が残っているが、それ以上に療養時のクセだな」

なんでもないことのように、空也はさらりと言った。

「別にショックではなかったよ。たしかに痛かったが、足がなくなったわけでも、歩けなくなったわけでも走れなくなったわけでもない。ただ、強く右脚を踏み込むようなスポーツができなくなっただけだ。ショックだったのはむしろ、選手生命が終わったというのになんの感慨もなかったことだな」

そこまで語った空也は、そっと息を吐き出した。

それからようやくファティマの方へと顔を向ける。

「まあ、昔のことだし、終わったことだ。つまらない話に付き合わせて悪かった」

それは、いつもの空也の顔に見えた。

感情みの薄い、穏やかな顔。

だが、それにこそファティマは胸が締め付けられるような思いがした。

だから――

「……香良洲くん、少ししゃがんでください」

「？　こうか？」

空也を屈（かが）ませると、その頭を胸に押しつけるようにして、全力で抱きしめた。

「お、おい⁉　いきなりなにを――」

「なにを平気な顔をしてるんですか、あなたは！　平気なはずがないじゃないですか！

ショックじゃなかったわけがないじゃないですか！」

それが、堪（たま）らなく辛（つら）かった。

彼はただ、真面目だっただけだ。真剣だっただけだ。

本気で剣道に取り組み、一生懸命に練習して、強くなって……その全（すべ）てを失った。

彼に非はひとつもない。

なのにどうして、彼がそんな目に遭わなくてはならないのか。

「あんまりじゃないですか、そんなの……」

ファティマには、空也の気持ちは理解できない。

なにかにそれほどの情熱を持ったことはないのだから、理解できるなどと言う権利はない。

だからこれはそうあってほしいという決めつけで、ただの感情の押しつけだ。

だけど、それでも。

「あなたは、本気だったんでしょう？　頑張って、努力して、強くなったんでしょう？　傷ついてないわけが、ないじゃないですか……」

そうでなければ、練習試合で不正をされたからといって馬鹿馬鹿しくなったりはすまい。

審判は公正だなどというものが子供の思い込みだったとしても、それは決して裏切ってはならないものだ。少なくとも大人である顧問は、その場で正さなければならなかったはずだ。

なのに、どうでもいいと流した。

純粋に正しさを信じていた空也にとって、それはどれほどのショックだったか。

真面目に剣道をし、周囲も最低限の決まり事を守ると無邪気に信じていた少年にとって、それはどれほどの裏切りなのか。

わからない。わかるはずもない。

わかっているのはその一件で空也は剣道に失望し、選手生命が絶たれてもなにも感じないほどに自暴自棄となってしまったことだけだ。

そんなことがなければ、違う人生があったはずだ。

剣道の特待生として、輝かしい学生生活があったはずなのだ。

それが、どうしようもなく悲しかった。

「……もう思い出せないんだ」

ファティマに抱きしめられたまま、空也は力なく呟いた。

「辛かったとか、傷ついたとか……よくわからない。ただ、足下が急になくなったような気分だったかな？　そんな程度の記憶で……」

きっとそれは、嘘ではないのだろう。

その時に抱いた感情は、もう風化してしまっている。

残っているのは、傷跡だけだ。

ちゃんと治療されず、歪に塞がってしまった心の傷跡。

時に引きつり、鈍く痛み、彼の人生に今も影響する古傷。

「ただ俺は……正しく評価されたかったんだ。褒められたかったわけじゃない。勝ちたかったわけでもない。ただ、ちゃんと入った一本を認めてほしかったんだ……」

その傷跡をなぞるように、空也は古ぼけた感情を吐露した。

「それだけだったんだ、本当に……それはそんなに悪いことなのか。努力を認めてほしいだけだったのに、なにがいけないっていうんだ……！」

本当に、たったそれだけのことだったのだろう。

努力を認めてほしかった。その結晶である一撃を、正しく評価されたかった。

あまりにささやかな報酬なのに、彼にはそれがなかった。

それどころか、否定されてしまった。周囲が拒絶してしまった。

「俺は――俺は悔しかったんだ！」

きっとその想(おも)いすらも、周囲は認めなかったのだろう。

練習試合なんだから、こだわる方がおかしいと。

審判の判定に従うのがスポーツマンだと。

悔しいのなら、次は嫌でも旗を上げるしかない一本を取れるようになるべきだと。

そうやって、彼の痛みを軽んじたのだろう。

責められるべきは不正をした審判だというのに、彼の悔しさを批難したのだろう。

「……俺は……俺は……」

その後は、もう言葉にならない。

ただファティマは、胸に熱い感触を覚えていた。

きっと空也は、泣いている。

それには気づかない振りをして、ファティマは嗚咽(おえつ)を漏(も)らす空也の頭を撫(な)で続けた。

彼が泣き止(や)むまで、ずっと、優しく。

「――ひどい話ですわね」

紅葉から一通り聞いて、蛍花は眉をひそめた。

「生徒だけのわたくしですらショックだったのに……顧問まで不正を許すなんて……ひどい話ですわ」

「うん……そういうのをわかってて、またくーちゃんに剣道をやらせようってオレも、ひどいとは思うんだけど……」

蛍花の隣を歩きながら、紅葉は夕暮れ時の空を見上げた。

「――オレさ、なにかに執着できないんだよね」

「紅葉？」

藪から棒に言い出した紅葉に、蛍花は怪訝そうな目を向けた。

「けーちゃんの勉強もそう。わからないところにどうしていつまでもこだわるのか、オレにはさっぱり理解できない。わからないのなら飛ばして、わかるところをやればいいじゃんとしか思えないんだ」

「それは……そういうものでしょう？　わたくしの要領が悪いだけですわ」

「オレはそれの度が過ぎてるんだ。わからないからもう少し頑張ってみようって気持ちがない。

ちょっとでもわからなければ、はいじゃあ次、そんな感じ。ちょっとでも執着心てものがあれば、けーちゃんにもう少しいいアドバイスができてたと思うよ？　クレイさんほどではないにせよね」

「クレイのはなんとなく勢いに呑まれてしまいましたけど、よくよく考えてみればアドバイスなんて上等なものでなかった気がしますわ……吹っ切る切っ掛けにはなりましたけど」

「それは、まあ……結果オーライってことで」

軽く笑ってから、紅葉は続けた。

「でさ、オレ、剣道部には途中入部なんだよね。元々はバスケ部で適当にやってたんだけど……ある日、くーちゃんが試合してるところを見た」

それ自体は不思議なことでもない。

中学校に道場が併設されているはずもなく、バスケットもバレーも剣道も、全部まとめて体育館だ。だから、見かけることもあるだろう。

不思議なのは――

「なにがそんなに琴線に触れたのか、とにかく思ったんだよね。こいつに勝ってみたいって」

「――一目惚れではありませんの？」

「そうそう、そんな感じ」

茶化す蛍花に、紅葉は明るく笑ってみせた。

「それでまあ、なんやかんやで友達になって、親友になって……剣道でも勝てるようになった。ま、くーちゃんはオレの方が強いなんて言ってたけど、実際は同じくらいなんじゃないかな。勝敗なんて数えてないけど」

「勝てるようになったのなら、そこでお仕舞(しま)いではありませんの？　あなたは、執着できないのでしょう？」

それを思えば、勝つことに固執した時点で十分異例の事態だったのだろう。

だが紅葉は、勝った。毎回ではないにせよ、勝てるようになった。同じくらいの強さになったという、結果を手に入れた。そうであるなら、それ以上なにに執着するというのか。

「オレもそう思ってたんだけどさ……勝った時は、勝っちゃったって思ったし。ああ、そうか、その時点でもうおかしいな。まだ執着してるや」

しばらく自問自答してから、紅葉は続ける。

「なんにせよ、勝って終わりってわけじゃなかった。次は負けるんじゃないか、負けたくないなって思うようになって……うん、後は勝って負けて勝って負けて、次は勝ちたい、次は負けたくない、その繰り返し」

「ライバルでしたのね、香良洲は。それも、とても素晴らしい」

「……え？」

蛍花に言われ、紅葉はきょとんとした。

しばし沈黙し、目を瞬きしてから——

「あー！　あーあー、そう、それだ！　うん、ライバルだ。『強敵』と書いて『とも』と読む的なそれだ」

腑に落ちたのか大げさな声を出しつつ、紅葉は何度も頷いた。

「なんで親友にそんな敵愾心みたいなもの持つんだろって不思議だったけど……そうか、ライバルかあ……」

「あなた、時々とんでもなくお馬鹿ですわね……」

呆れ顔をする蛍花を気にもせず、紅葉は上機嫌で話を再開した。

「でさ、ずっと思ってた。くーちゃんともう一回試合したいって。別に勝ちたいとかそういうんじゃなくって……いや、そうではあるんだけどそうじゃなくって、もう一回勝負したかったんだ。そこに丁度今回の球技大会だ、これが最後のチャンスだと思ってくーちゃんを引っ張り出したってわけ」

「はいはい。それで、なにを言いたいんですの？　本命があるのでしょう？」

「うん、ある」

やれやれとばかりに先を促した蛍花に、紅葉は勢い込んで頷いた。

「お願いなんだけどさ、決勝まで行けたら、けーちゃんには出場を辞退してほしい。オレとくーちゃんの一騎打ちにしてほしいんだ」

「まったく、これだから男の子は……いいですわよ。わたくしでは香良洲の相手は務まりませんし、紅葉相手でもそれは同じでしょう。ただし、決勝まで進んだらの話ですわ。それでよろしくて？」

「それでオッケー」

大はしゃぎした様子の紅葉に、蛍花はそっと溜息をついた。

「香良洲相手にこんな苦労をいつもしてるのかしら、クレイは……」

そして夜が明けた。

いつも通り、朝食のため久礼（くれい）家に赴（おもむ）いた空也を出迎えたのは、エプロン姿のファティマだった。

「あー……おはよう、ファティマ」

「ええ、おはようございます、香良洲くん」

どうにも気恥ずかしそうな様子で挨拶（あいさつ）する空也に、ファティマはいつもの調子で応（こた）えた。

「今日は、いつもより少し遅いですね」

「少々、支度（したく）に手間取った。それと昨日は、その、なんだ……みっともないところを見せて、すまなかった」

　玄関先にいつもの鞄とももうひとつ、なにやら見慣れないバッグを置きながら、空也はぎこちなく謝った。

　なにしろ、いくら婚約者とはいえ同い年の女の子に抱きしめられて、子供のように泣きじゃくってしまったのだ。

　決まりが悪くて仕方がない。

「そうですか？」

　だが、ファティマはそうでもないらしい。

　上がり込む空也にスリッパを出しながら、続ける。

「私は嬉しかったですよ、香良洲くんのお役に立てて。これからは、遠慮なく甘えてくださいね。ええ、ちゃんと受け止めてあげますとも」

「うぐ……お前は俺を駄目人間にするつもりか……」

「んー、いつもの切れ味がありませんね――ところで、香良洲くん。ひとつ、確認しておきたいのですが」

　呻く空也に駄目出しをしてから、ファティマは悪戯っぽい顔をした。

「なにやら嫌な予感がするのだが……とりあえず聞こう。なんだ？」

「私の胸、心地よかったですか？　悪かったのなら次は違う方法を考えなくてはなりませんので、感想を聞かせてください」

「……まずは質問を考えてくれ、頼むから……」

とんでもない質問をしてくるファティマに、空也はがっくりと項垂れた。

「——ねえ、香良洲くん」

そんな彼に、ファティマはもう一度呼びかけた。

「今度はなんだ?」

からかわれたことに不貞腐れながらも返事はちゃんとする空也に淡く微笑んで、言う。

「私が側にいますから、辛い時は頼ってください。私も、あなたを頼りにしますから」

「————……」

彼女の微笑に、空也は言葉を失った。

嬉しそうとか幸せそうとか、そういうものとはまた違う微笑だった。

今まで見た彼女の笑顔のどれとも違う微笑みだった。

穏やかで、柔らかで……芯がある。

目を奪われるほどに鮮烈な強さがある。

「……うん。頼りにさせてもらう」

そんな微笑を心に焼き付けながら、空也は頷いた。

球技大会二日目――

「おはよー、ファティマちゃん。それに香良洲ちゃんも」

「おはようございます、秋月さん。今日も元気そうですね」

空也と一緒に登校するようになって以降のファティマは、遅刻はしないが時間ギリギリ、着席すると同時にチャイムが鳴るという生活になっていた。

そのためホームルームが終わってから挨拶をするのが常である。

「おはよう、秋月。ファティマの言う通り、実に元気そうだ」

「そうでもないんだけどね。もう、全身筋肉痛で大変だよー」

明るく笑う晴花に、ファティマは苦笑した。

「同じく。とはいえ私たちはもう試合もないわけですし、今日はのんびりしていましょう

――おや、おはようございます。今日は遅刻した魚飼」

会話途中、とぼとぼとやって来た蛍花を目聡く見つけてファティマは挨拶した。

「うぐ……わざわざ言わないでくださるかしら？　無遅刻無欠席がおじゃんになって、これでも傷心ですのよ」

いささか覇気に欠けるのは、それが理由らしい。

「ああ、もう……この馬鹿が！　この馬鹿が出がけにもたつくからっ！」

「ごめんってば。準備はしてたけど、入れるバッグを忘れてたんだよ――あ、おはよう、くー

ちゃん。クレイさんに秋月ちゃんも」

蛍花に両肩を掴まれてガクガクと振り回されているのを気にした様子もなく、紅葉は平然と挨拶してきた。

「あれ？　蛍花ちゃん、今日は楢崎ちゃんと一緒だったんだ？」

「ええ。さすがに今日は朝練もありませんし、たまには一緒に登校でもと思ったのが運の尽きでしたわ……」

「うちの母さんにお茶を出されて、一緒に朝のワイドショーを堪能してたクセに……」

「珍しかったんですのよ！　あと面白かったですわ！」

頭を抱えて喚く蛍花に、全員が笑みをこぼした。

「それより、晴花にクレイ。そろそろ着替えに行きますわよ、試合にまで遅刻したら洒落になりませんもの」

「ほーい。それじゃあ楢崎ちゃんに香良洲ちゃん、また後でねー」

「出番がないんですから、制服のままでいいと思うんですが……それでは香良洲くん、また後で。ついでに楢崎くんも」

「ああ、また後でな」

更衣室へ向かう女子三人を見送りながら、空也は口を開いた。

「……バッグを忘れるものかね、普通」

「いやー、面目(めんぼく)ない。念入りに確認したら、それで満足しちゃったみたいでさ——ところでバッグといえば、くーちゃんも今日はいつもより多いね。なに持ってきたの？　まさか全員分の弁当を作ってきたとか？　昨日のホットサンド、美味(おい)しかったしなあ……」

「それより、もっといいものだ」

紅葉の問いに、空也は秘密めかした笑みを返した。

二日目、というより最終日である今日の体育館は、昨日より観客が増えていた。

「昨日の香良洲の寸劇が、好評だったのですわ」

「……寸劇とか言わんでくれ」

きっちり剣道着を着込んで正座した蛍花に、ジャージ姿の空也はゲンナリした顔になった。

「あと、クレイが出没するというのも一因ですわね。大層な人気で羨(うらや)ましい限りですわ」

「朝の仕返しですか……なかなかどうして根に持つじゃないですか、このエセお嬢さまは」

そういうことなのだろう、わざわざ取って付けたようなことを言った蛍花を、ファティマは軽く睨(にら)んだ。

「誰がエセですか。わたくし、正真正銘良家の子女でしてよ？」

「喋り方からして、それを疑う余地はないな」

「香良洲ちゃんが、そういうこと言うかなー……」

胸を張る蛍花にちくりと呟いた空也の言葉を聞いて、晴花は苦笑した。

それから晴花は、紅葉を見た。

「今日は楢崎ちゃんが先鋒？」

「そ、今日は一日、オレが先鋒——あ、くーちゃん。タスキお願い」

ジャージに防具という埴輪スタイルでアキレス腱を伸ばしていた紅葉は、くるりと背中を向けた。

「大将を働かせるなよ、足軽めが——秋月、今日のタスキは？」

「はい、楢崎ちゃんにぴったりの赤です」

「なるほど、血の赤か……」

「今宵の虎徹は、血に飢えている」

竹刀片手にそれっぽいポーズを取った紅葉に、空也は言った。

「うん、そのまま動くな。タスキを結ぶから……と、しまった。久し振りで結び方を忘れているな、困った困った。秋月でも魚飼でもいいが、教えてくれないか？」

「はーい。あ、モデルさんは動かないでねー」

これ以上なく明白な嘘だが、晴花もそれに乗った。

「え、嘘。動いちゃダメなの？　オレ、このまま？」

「うわあー、動いたから失敗しちゃった。やり直しだあ」

「なにをやってるんだか……」

中学時代、空也と紅葉が一緒に剣道をやっていた時はこんなノリだったのだろうと思うと交ざる気にもなれず、ファティマはただそれを見守ることにした。

「クレイ。悪いとは思いましたが香良洲のこと、少しお伺いましたわ」

そのファティマの隣に膝立ちで移動しながら、蛍花は潜めた声で囁いた。

「なんでも紅葉とはいいライバル関係だったとか……それがあんなことになって、残念ですわね」

「？　そうなんですか？」

きょとんとするファティマに、蛍花は絶句した。

「そうなんですかって、あなた……」

「いえ、そちらではなく。楢崎くんがライバルだったなんて、初耳です」

「……そうだったらしいですわ。ええ、そういうことにしておいてください」

「まあ……そうなのでしょうね。お互い鬼だの妖刀だの、なにやら認め合っている感じですし」

紅葉がライバルだなど聞いた覚えはないが、ファティマはそれに納得した。

昨日の会話、ふたりとも相手の方が強いと言っていた。

きっと、互いに互いを目標としていたのだろう。

「ともかく。気の早い話ですが、仮に決勝まで進んでもわたくしは出ませんわ――あ、先鋒戦が始まりますわよ」

さすがに昨日の女生徒は審判から外されたのか、今日の審判は男子生徒だった。

「お互い、礼！」

ぴっとした掛け声の下、試合場中央で選手ふたりが一礼し、蹲踞する。

「……相手は女子剣道部部長ですわよ。言うまでもなく、強いですわ」

「弱くても、それはそれで人望のひとと思えますが……なるほど、実力でのし上がった剛の者でしたか」

ユーモラスな言い回しでファティマが応じている間に、試合開始の号令が響いた。

「始めッ！」

それに合わせてふたりは立ち上がり、そして――

「――え⁉」

――試合が終わった。

両者立ち上がりきったと思った瞬間、小気味のよい快音が鳴ったからだ。

「め、面あり……勝負あり……」

呆然とした様子で、それでも男子生徒は赤の旗を上げた。

「気の早い話、でもないんじゃないですか？　これは……」

「……え、ええ……」

蛍花は、唖然として頷いた。

おそらく開始直後、まだ竹刀の届かない間合いの外だと、部長は油断していたのだろう。構えが緩んでいたのだろう。

とはいえ、蛍花にはわからないほどわずかな隙だ。部内の練習試合で部長と対戦することもあったが、そんなものを見いだせたことはなかった。

だが紅葉は、それを見いだした。そして、見逃しもしなかった。

ゆえに開始早々一気に飛び込み、面に打ち込んだ。

信じられない思い切りの良さであり、まず相手を探る空也とは真逆の剣道だった。

「鬼神というのも納得の強さですね――香良洲くん？」

おそらくこれが紅葉の本気なのだろう、目の当たりにした彼の実力に空也のライバルだと心底納得しているファティマの目に、立ち上がる空也が映った。

これは勝ち抜き戦だし、そもそも彼は大将だ、出番のはずがないのだが……

「昨日一本見せて、今日一本見た。これ以上はフェアではないのでな、俺は決勝まで外させてもらう」

「相手に失礼ですわよ――と、言いたいところですけど、あんなものを見せられては、そうも言えませんわね」

既に決勝を確信している空也に苦笑いして、蛍花は頷いた。

そして――事実、そうなった。

以降の試合、全て紅葉の三人抜き。しかも、いずれも面での一本だった。

午後――ますます体育館の観客は増えていた。

剣道以外の競技は全て終了したというのもある。

しかし、それ以上に話題となっていたのだ。

ジャージ姿の選手が、剣道部員をも瞬殺する快進撃をしていると。

「いやー、男子の部長まで負けちゃうとか、剣道部形無しだー」

「あなたも剣道部でしょう、晴花……笑い事ではありませんわ」

もう笑うしかないといった感じの晴花に、蛍花は嘆息した。

その手には、紅白の旗が握られている。

約束通り決勝を辞退したら、審判を頼まれたのだ。

紅葉からも、空也からもだ。

しかも、その要望は通ってしまった。ダメ元で本来審判をやる予定だった女子剣道部の部長に話したら、『せっかくの晴れ舞台なんだし、勉強と思ってやりなさい』と、快諾されてしまったのだ。

「絶対、部長がギャラリーとして観戦したかったからに決まってますわ……きっとかぶりつきですわ……」

本当は蛍花とて、観客として試合を見たかったのだ。

「まあ、信頼して頼んだんだろうから、頑張って――ところで、その楢崎ちゃんと香良洲ちゃんは？　ファティマちゃんは香良洲ちゃんのところだろうけど」

「ふたりとも準備中ですわ。まったく、とんだ役者なんですから……」

見当たらないふたりがなにをしているか知っているのだろう、蛍花は深々と溜息をついた。

「それが鞄の中身だったんですね……」

人気のない教室の中、ファティマは剣道着姿の空也を見て納得した。

「うん……中学時代のものをまだ着られるというのは背が伸びていないようで複雑だが、この際よしとしよう」

身体のあちこちを動かして問題ないかをチェックしながら、空也は頷いた。

「…………」

それはきっと、ずっと剣道を続けるつもりでサイズに余裕を見ていたからだろうと思ったが、ファティマは口にはしなかった。

言うには、あまりに悲しすぎる。

「そんな顔をしないでくれ。もう終わったことだし、こうしてまた、こーちゃんと竹刀を交える機会にも恵まれた。それに、信じて審判を任せられる相手にも。なかなかに劇的で、いい話だろう？」

「……私が審判を務められたら、もっとよかったんですけどね」

笑みを浮かべるファティマの顔が強ばっているのに気づかない振りをして、空也は背中を向けた。

「そうだな。だが、まあ、それができないから、お前にタスキを頼むことができる」

「赤だったら私のリボンを結んであげられたんですけどね、残念です」

冗談を飛ばしながら、ファティマは彼の背中、胴紐が交差するところにタスキを結わえ付ける。

その最中、ふと彼の肩が目に留まった。

彼の剣道着は上下ともに藍色だが……背中で交差して前に回り、胴を吊るしている紐が当たっている肩のところが擦り切れている。

見るからに丈夫そうな剣道着がそうなるなんて、彼はどれほどの練習をしていたのだろうか。

「……いいんだ、ファティマ。剣道をやめていなかったら、俺はこっちに引っ越していなかった。そしたらお前にも出会えなかった。だから、これでいいんだ」

それほどのものでもファティマと引き換えなら構わないと、空也は言い切った。

「ただ……この試合だけは、最後までやらせてくれ。頼むよ、ファティマ」

その上で、この一戦だけはやり遂げさせてほしいと彼は懇願する。

わかっている。詳しくは聞いていないが、彼の選手生命を断った右膝の怪我(けが)は、後遺症を残している。普段は問題ないそれが、顕在化すると彼は言っているのだ。

「まったく、男の子なんですから……」

困り顔で微笑んで、ファティマは彼の背中にこつんと額を当てた。

「女心も理解してください、心配で心配で仕方ないんですから――けど、今回だけは我慢します。だから、頑張ってください」

「うん、ありがとう」

謝らず、空也はただ感謝の言葉を口にした。

ファティマはその背に、白いタスキを結ぶ。


こうして、剣道の決勝は始まった。

赤、楢崎紅葉。

白、香良洲空也。

ともにジャージではなく、剣道着。

観客はそういう演出で、剣道部が貸し出したのだろうと思っただろうが……違う。

ふたりとも自前、中学時代に使っていたものだ。

剣道の正装ともいえる格好をしたふたりは、試合場に踏み入れる前に、審判である蛍花に一礼した。

それから試合場の中央へと歩み寄るが、完全には近づかず、やや離れた位置で立ち止まって相手に一礼し、そこからきっかり三歩前に進む。

そして抜刀――左手に提げていた竹刀を抜き、構え、蹲踞する。

見ているものの身が引き締まるほど厳かで、凜とした作法だった。

そんなふたりを見てから、蛍花は試合開始を宣言する。

「始めっ！」

気合いの籠もった鋭い掛け声に従って、だがむしろゆっくりと立ち上がり一瞬の静止。

なにかを確認するような、あるいはなにかを決めるような空白。

そこから――弾ける。

初手、ともに面の打ち合い。

様子見もなにもない。いきなり全力、手加減なしの激突だった。

旗は上がらない。

入っていないのではない。入っている、真剣ならば間違いなく即死の一撃だった。

だが双方ともにそうであり、完全に同時ならば、相打ちのため無効となるのがルールだ。

だから旗は上がらない。


「…………」

相打ちの面から鍔迫り合いにもつれ込んだふたりを、ファティマは固唾を呑んで見つめる。

力比べは一瞬、跳び退さりながら空也は紅葉の小手を切り払う。

紅葉はそれを読んでいたか、空也の竹刀を打ち払い、そこから流れるように面を狙った。

しかしそのために竹刀を振り上げた一瞬を逃さず、空也が飛び込む。

打ち込む先は胴――

「逆胴。普通は右を打つんだけど、左を狙うのは逆胴っていうんだ」

素早く晴花が説明する。

彼女の言う通り、空也が放ったのは逆胴の一撃だ。

ただ……逆胴の判定は厳しい。

左腰には、刀を差すものだからだ。

逆胴を一本とするなら、その刀の鞘ごとまとめて胴を断ち切る一撃でなければならない。

それゆえに厳しいし、狙う選手も少ない。

しかし空也の一撃は、それだけの勢いがあった。

とはいえ無効。いくら威力があろうと浅い。

空也の竹刀は紅葉の胴を捉えきれず、わずかにかすめたのみだ。

その空振りの隙を、紅葉は逃さない。

再び面を狙って竹刀を繰り出す。

空也がそれを弾き、続けざまに飛び退きながらの面。

これも浅い。無効だ。

一撃を外した空也が竹刀を引き戻すより早く、紅葉が小手を放つ。

それを、からくも防御の間に合った空也の竹刀が受け止める。

（なんなんですの、このふたりは……！）

めまぐるしく繰り広げられる攻防を必死に目で追いながら、蛍花は内心悲鳴を上げた。

到底中学で剣道をやめた選手の動きとは思えない。一年のブランクがあるなんて信じられない。

ふたりとも化け物じみている。

一撃の鋭さが尋常ではない。

一瞬たりとも動きが止まらない。

蛍花には入るとしか思えない一撃が躱(かわ)され、防がれ、しかし当人たちは外れるのが当然とばかりに次々と技を繰り出す。

いくら集中していても、有効打を見逃してしまいそうで怖い。

それは決して許されない。

不正でライバルを失った紅葉に頼まれた。

不正で選手生命を終わらせた空也に頼まれた。

そんなふたりがようやく得た再戦の場で、間違いは許されない。

今まで全ての相手を瞬殺してきた紅葉と、ただ一回の出場のみながら、相手に微動だにさせず勝った空也。

そんなふたりの激しい応酬。

それが、止まった。

再び鍔迫り合いになったのだ。

「鬼め。少しは鈍るくらいの可愛(かわい)げを持てよ」

「研(と)いでないんだからナマクラになりなよ、これだから妖刀は」

その間に、言葉を交わす。

普通はない。試合中に私語など厳禁だ。

だがこれは、ふたりの昔からの楽しみだった。

たった一言か二言、鍔迫り合いの間にこっそりと喋る。

大抵は意味がないし、今だって意味はない。

それでも、そんなことが無性に懐かしかった。

その懐かしさを振り切って、空也は床を蹴る。

――下がりながらの一撃、いや、これは防がれる。ならば防がせるために繰り出して相手を動かし、返す一撃で……

一瞬にも満たない時間の間に、打つ手を考える。

考えて……実行するより早く、その瞬間が来た。

怪我の後遺症――右膝から下の感覚が消失する。

痛むわけではない。力が入らないわけではない。

ただ、痛みも力を入れている実感も床を踏んでいる感触も、なにもかもなくなるのだ。

日常生活ではまず出ない。

剣道のように、激しい踏み込みをするスポーツでのみ出る。

踏み込めば必ずそうなるというわけではない。

感覚がなくなることもあるし、なくならないこともある。

だが、何度も踏み込めば必ずなる。

そういう後遺症が、今、ここで出た。

着地する体勢が崩れ、致命的な隙を見せ……しかし紅葉は、それを狙わなかった。

「……っ……」

悔しげに唇を嚙んで竹刀を構えたまま、彼は動かない。

（ここまでか……まあ、全力は出し切れた……）

転倒だけは逃れ、なんとか姿勢を直しながら、空也も竹刀を構える。

（締まらない幕切れだが……仕方ない。ここで終わりだ）

なにも感触がないのだから、立っているのでやっとだ。

歩くこともままならないのだから、技を繰り出すなど無理にも程がある。

（打ってこい、こーちゃん。お前が相手で終わるなら、上等だ）

納得ずくで、終わりを迎えようとして……ふと、ファティマがどんな顔をしているだろうか
と気になった。どうしようもなく、彼女の顔が見たくなった。

だから空也は試合中だというのにもかかわらず、試合場側にいる彼女を見た。

――後遺症が出たことをわかっているのだろう、泣きそうな顔でなにかを言っている。

その声が聞こえない。いや、きっと彼女は声を出していない。

それでも声なき声で、らしくもなく叫んでいる。

その唇の動きが、やけにはっきりと見えた。

く・う・や・が・ん・ば・れ――空也、頑張れ。

「……どうせなら大声で呼んでくれればいいものを……」

姓ではなく名を口に乗せて応援を贈ってくる彼女に、思わず笑みがこぼれた。

（あいつがそう言うのなら、頑張るしかないか……）

後遺症が出るのが心配で仕方ないと言っていた彼女が、その後遺症が出たとわかってなお応援してくれている。

なのにここで諦めてしまうというのは……

「男が廃るというものよな……！」

覚悟を決める。腹を括る。

脚が動かないわけではないのだ。ただ、感覚がなくなっているだけ。

力は入る。なら歩くことだってできるし、竹刀を振るうこともできる。

だから、いつも通りに動かせばいい。

そして空也は、ゆっくりと構え直した。

切っ先を下げる――下段の構え。

「……あ……」

崩れ落ちそうになった空也がこちらを見、立ち直り、そして新たに取った構え。

それを見て、ファティマは思わず声を漏らした。

下段の構え——切っ先を下方に置いた構え。

その竹刀は、三本目の脚のようにも見える。

つまりこれが、

「……八咫烏……」

三本脚の鴉(からす)——その名を、八咫烏という。


「——こーちゃん、次で最後だ」

下段の構えに移行した空也は、紅葉に呼びかけた。

「さすがに、どう足掻いてもこれ以上は無理なのでな」

自分の言葉に、空也は苦笑する。

無理というなら、既に無理をしている。

右膝から下の感覚がないのに、記憶を頼りに竹刀を振るおうなど無理そのものだ。

だがそれでも、一回だけは無理を通す。

目の前には、剣道をやめてなお親友でいてくれた好敵手がいる。

心配だという心を押し殺して、声援を贈ってくれている恋人がいる。

だからあと一撃だけは、意地を張って無理を通す。

「わかった」

それに紅葉は応え、構えを変えた。

――上段の構え。


(まったく、これだから男の子は……)

心地よく呆れ返りながら、蛍花は不正をした。

ルールに試合中の私語についての言及はないが、まあ、きっと反則だろう。

双方ともに反則をしているのだから相殺ということで、そういう旗信号を出してもいいのだが……それはあまりに野暮というものだろう。


「…………」

上段に構えたまま、紅葉は動かない。

下手に動けば、打ち返される確信があった。

相手は八咫烏だが、妖刀でもある。

あの妖刀――相手に動くことを許さず一方的に打ち据える、非常識極まりない技。

その正体は、紅葉にはわかっていた。

――先々の先と呼ばれるもの。

打とうとする身体の動きの起こりではなくその一歩手前、打とうと思う心の動きの起こりを読んで打ち込んでいるのだ、空也は。

無茶苦茶にも桯があるような気もするが、そう理不尽というわけではない。

以前空也は卓球の試合の時、剣道の打ち込みはコンマ一秒と言っていたが……防御にかかる時間は、コンマ二秒だ。

なのに誰もが攻撃を防いだことがある。

つまり空也は、それを突き詰めただけ。

(だけ、だなんて簡単な話じゃないんだろうけどさ……)

どれほどの稽古をすればそんなことが可能となるのか、想像だにできない。

わかっているのは、空也にはそれが可能ということであり、そして……打ち破る手段だ。

(なにも考えるな……打とうとも、勝とうとも思わない。ただ、竹刀に任せればいい……)

無念無想。なにも思わず、考えず、ただ積み上げた練習に身を委ねる。

「………」

下段に構えたまま、空也は動かない。

下手に動けば、打ち込まれる確信があった。

相手は鬼神紅葉なのだ。
そう、鬼だ――そしてなぜ空也が紅葉を鬼と称したのか、誰もわかっていない。
鬼のように強いからではない。
曰く、鬼に横道なし。
鬼神は卑怯なことなどせず正道を歩む。
紅葉も同じく、卑怯な手を使わなければ小細工もしない。
正道を迷いなく最速で進む。
正々堂々、真っ正面から相手を打ち倒す。
そういう剣道をするのが紅葉だから、空也は鬼神と呼んだ。
そしてそういう紅葉だからこそ、打ってくる手も読めていた。
間違いなく、面が来る。
一切の小細工なし、真っ正面から面を取りに来る。
問題は、そのタイミングだ。
それがわからない。
わからないまま動けば、その瞬間に打ち据えられる。
しかも紅葉の面は鋭く、伸びる。
来るとわかっていても、後ろに下がって避けることはできない。

今いる位置が、ギリギリの距離だろう。
少しでも間合いを詰めれば、紅葉の竹刀は届く。
空也の竹刀は届かなくても、紅葉の竹刀だけは届く。
（ひどい話だ、一方的ではないか）
さて、どうしたものかと考えあぐねて――

瞬間、紅葉が動いた。
――一歩目、左足。
どんな隙を見つけたのかは、本人ですらわからない。
だが、身体が勝手に動いた。
中学時代のありったけを注ぎ込んだ練習が、そうさせた。
――二歩目、右足。
だから紅葉は迷わない。
全身全霊で打つ。まるで勝手に動き出したかのような竹刀に、全力を乗せる。
狙いは面、空也はまだ間合いの外――否。
届く。間合いの内だ。
左手一本で相手の面右上部を打つ――大技、左片手半面。

それが、間合いを広げる。

——来るとは思わなかった。

動きの起こりがわからなかった。

心の起こりが読めなかった。

本当に自然な仕草で間合いを詰めてきた紅葉が、いつの間にか打ち込んで来ていたとしか思えなかった。

だがそれでも、なんとなく感じていた。

紅葉が打ってくるという直感があった。

だからそれに空也は従った。

軽く後ろに跳びながら、竹刀を跳ね上げる。

それに、届かないはずの紅葉の竹刀が当たったというのが実情。

その一撃をいなす。

振り上げる竹刀の切っ先に巻き込むようにして、真横ではなく斜め後ろへと受け流す。

だが、紅葉の一撃は重い。

片手だというのに、ただひたすらに真っ直ぐ進もうとする。

押し切られる——力を込めて対抗する。

逸らしきった――今！

紅葉の左片手半面を受け流した空也は、竹刀を振り上げきって左足で着地する。

そして――面。

なんの変哲もない、練習でよく見る素振りのような動き。

だがなによりも流麗に、鮮やかに、竹刀が弧を描く。

それが、空也が積み上げた剣道の全て。

――ただの素振り。

千か万かあるいは億か、それすらも超えて兆にすら届くかというほどに繰り返した基本中の基本。

そんな一撃が、届かないはずの距離から竹刀を届かせるために大きく踏み込んでいた紅葉の面を打つ。

快音が響き――

「面あり！　勝負あり！」

蛍花が、白い旗を上げた。

「――ダメだよ、ファティマちゃん」

決着と同時に立ち上がったファティマのジャージを掴み、晴花は彼女を引き留めた。

「わかっています……！」

今すぐにでも駆け寄りたい衝動を、ファティマは必死に堪(こら)える。

勝負は終わった。

だがそれだけで、試合が終わったわけではない。

作法に則(のっと)って終わるのが試合だ、それがまだ済んでいない。

空也は試合を最後までさせてくれと言ったのだ、その試合が終わっていない以上、ファティマが試合場に踏み込むわけにはいかない。

彼が貫こうとしている意地を、台無しにするわけにはいかない。

そんな彼女の前で、試合終了の作法が行われる。

開始の位置に戻る。

それだけのことですら、空也の動きは危うい。

ファティマは拳(こぶし)を握りしめて耐える。

互いに中段の構えを取り、蹲踞する。

ひどくぎこちなく、空也がしゃがむ。何度もバランスを崩しかける。

それでも耐える。衝動を堪える。

最後まで試合をやり抜くのが空也の意地なら、最後まで手を出さないのがファティマの意地だ。

納刀し、立ち上がる。

ふらつく――堪える。

向かい合ったまま右足を引きずるようにして、空也が下がる。

転びかける――堪える。

完全に間合いを抜けたところで紅葉へと礼をし、そして審判を務めた蛍花にも礼を送る。

揺れる……堪える。

そしてようやく振り返った空也がゆっくりと、今にも倒れそうな危うさで歩いてきて――

試合場を出た。

「香良洲くん……！」

「ああ……いい試合だった……」

満足そうに息を吐いた空也は防具を着けているのに構わず、駆け寄ってきたファティマに身体を預けた。

「すまないが、肩を貸してくれると助かる」

照れくさそうな空也に、ファティマは憮然(ぶぜん)とする。

「もう貸してます――あと痛いです。防具は堅いんですから、少しは遠慮ってものをですね――」

「頼れと言ったのお前だろう？　だから、頼らせてくれ」

この時だけはまるで遠慮せずに、空也は彼女に寄りかかった。

エピローグ

今頃は、閉会式の最中だろうか。

誰もいない保健室の椅子に腰掛けている空也に、ファティマは問いかけた。

「それで、具合はどうなんですか？　痛みますか？　湿布？　氷？　それとも鎮痛剤ですか？

——ああ、もうっ！　どうして保健医も行かせちゃったんですか！」

「できることがないからだ、仕事の邪魔をしては悪いだろう？　あと、こちらの邪魔もしてほしくなかった」

矢継ぎ早に尋ねてくるファティマに、空也は苦笑いする。

「なにもしなくても三十分もすれば治るし、痛みもないよ。やせ我慢とかではなく、本当に痛みはないんだ。なにしろ感覚そのものがない」

「それでどうやって試合してたんですか……」

すとんと空也の正面にある椅子へと腰を下ろして、ファティマは呆れ返った。

「力は入るんだ。実感がないだけで」

証明するように、空也は右足をぶらぶらと揺らしてみせた。

「……本当は負けてたんだ。後遺症が出た時に、俺は諦めたから」

「意気地なし」

「まったくだ」

即座に罵倒してくるファティマに、空也は真面目くさった顔で同意した。

一対一の勝負はその実二対一、相手と楽になりたい己との戦いと言ったのは誰だったか。

つくづく情けない話だった。

「そんな時にお前の顔が見たくなって……もう少し頑張ろうという気になった。ありがとう、ファティマ。お前のお陰で悔いなく終われた」

「次はないですよ？　こんな無茶、もうさせませんから」

素直に礼を言う空也の顔を見ていられなくて、ファティマはぷいっとそっぽを向いた。

真っ正面から感謝されるのは、未だに慣れない。照れくさくて仕方ないし、嬉しくてだらしなく緩んだ顔なんて見られたくない。

それから──

「──香良洲くん」

ふと真顔になって視線を戻したファティマは、改めて口を開いた。

「……お前がそうやって俺の名を呼ぶと、いつも碌なことがないような気がするのだが……」

「ええ。きっとこれから私は、碌でもないことを言うと思います」

呻く空也に、ファティマは真剣に頷いた。

「——私は、あなたのゆったりとした歩き方が好きです。ここぞという時に、なにより正しさを優先させるのも好きです」

それが、彼の傷に由来するものだということは知っている。

歪に塞がった傷跡がもたらすものだとわかっている。

だからきっと、それを好きだというのはひどいことなのだろう。

それでもファティマは、そんなところも好きなのだと言い切った。

「あなたをそこまで歪めてしまったひとを許すわけじゃないんです。はっきり言えば、憎んでいます。けど……私は、歪んでしまったあなたが好きなんです」

それはきっと、散桜祭で着た和装と同じなのだ。

焼痕だらけになってしまったが、小縁が美しく繕ったあの振袖袴と同じ。

彼はひとりでボロボロになった心を繕い、治した——歪な形で、治してしまった。

もう、元には戻せないだろう。不格好に塞いだ傷は、生涯消えることはあるまい。

おそらく彼は、死ぬまでその傷を背負い続ける。

けれどその、失意の底にあっても心に残っていたものを当てて繕った傷跡が、歪でも、不格好でも、愛おしいのだ。

「うん……そうか……」

ぽつりと呟いて、空也は天井を見上げた。

彼がファティマの言葉を、どう受け取ったかはわからない。

ただ彼は黙ってしばらく天井を仰いでから向き直ると、微笑んだ。

「――お前を好きになれてよかった。心から、そう思う」


「クレイも香良洲も、戻ってきませんでしたわね……そんなにひどい後遺症なんですの？」

「脅かさないでよ、けーちゃん……」

未だ姿を見せないふたりを心配しているのか、帰りのホームルームが終わってやってくるなりそう尋ねた蛍花に、紅葉は気まずそうな顔をした。

「オレだってくーちゃんの後遺症がどんなものかなんて知らないけど、そんなにひどいならクレイさんが泣き落としてでも止めてたはずだし……」

「いやあ、ファティマちゃんのことだから泣き落としなんてせずに直接行動、手とか足とかへし折って参加できなくさせるんじゃないかなー――楢崎ちゃんの」

学生鞄をリュックのように背負って帰り支度万全の晴花に言われ、紅葉は渋面になった。

「くーちゃんじゃなくて、オレの？」

「そう、楢崎ちゃんの。だってファティマちゃんが、香良洲ちゃんに格好悪いところ見せるはずがないし、傷つけるはずもないもん」

「……だから、脅かさないでよ……」

言われてみればまさしくその通り、ファティマならきっと、そういう手段に訴えるだろう。

もっとも、今に至ってなお紅葉に不幸な事故が降りかかっていないあたり、空也の後遺症は
それほどひどいものではないということなのだろうが。

「まあ、それについては今晩紅葉の首がもげないことを祈っておくこととして――」

「やめて。これでも結構くーちゃんに悪いことしちゃったんじゃないかって気にしてるんだか
ら、マジでやめて」

「では、祈っておくのをやめておくとして」

「………………」

紅葉は黙り込んだ。

蛍花がこうも露骨に意地悪な態度を取っている以上、なにを言っても状況は悪化するとしか
思えない。

「――紅葉。あなた、どうして剣道をやめたんですの？　香良洲についてはわかりましたわ。

けれど、あなたはどうしてですの？」

空也が切っ掛けで剣道を始め、彼に執着して腕を上げたのは聞かされた。

だが基本として執着心がないのなら、剣道をやめる理由もないはずだ。

あれほどの腕があるのならむしろ、そのまま続けた方が内申なりなんなり有利になるのだか

ら続けていてもいいはずだ。

「どうしてって……三年くらい剣道やって思ったんだけどさ、オレ、ああいう殴りっこって向いてないんだよね」

「三年も続けて、あれだけ強くなってから言うことかなあ……」

呆れ果てた様子の晴花に、紅葉は首を振って否やを返す。

「強くなったっていうか、嫌だから手早く終わらせられるようになったっていうか……剣道の特待生の話も結構あったんだけどね、結局オレが手加減なく喜んで竹刀で叩けるのってくーちゃんだけだから、全部断ったんだ」

「……クレイには聞かせられない発言ですわよ、それ」

蛍花が眉をひそめたのと同じタイミングで、晴花はポケットから携帯端末を取り出した。

「あ、ファティマちゃんからメールだ——首を洗って待っておいてください、だって」

「ウソ⁉」

「うん、ウソ」

ぎょっとする紅葉にけらけらと笑いながら、晴花は蛍花と紅葉に画面を向ける。

「このまま帰るって。香良洲ちゃんの足は、大丈夫みたい」

「まったく、あの夫婦は……またとんずらですの？　この分だと、来月もしそうですわね……」

ファティマの転校初日にふたりそろって早退したことを覚えていたらしい、蛍花はこれ見よがしに嘆息した。

「まあ、あの孤高の銀色転校生に肩を貸してもらって退場するなんてやっちゃったからねえ……」

そんな蛍花とは対照的に、晴花はさもありなんとばかりに頷いた。

ふたりが付き合っているというのはクラス内では周知であるものの、学校中に知れ渡っているというわけではない。

ならば生徒たちが教室に拘束されている間に学校を脱出しなければ質問攻めに遭うのは明白、とっとと帰宅してしまうのも無理からぬことだろう。

「それじゃあ、香良洲ちゃんの心配もなくなったし、あたしたちも帰ろっか——それにしても楢崎ちゃんって、こだわり派だよね」

学生鞄を背負い直しながら、晴花はふと思い出したように言葉を付け加えた。

「いや、こだわりがないって話をしてたはずなんだけど……」

どうして晴花がその結論に至ったのかわからず、紅葉は自分の鞄を手に取りながら困惑顔になった。

空也がいなくなったから、あっさりと剣道をやめた。

三年近い研鑽も放り捨て、特待生の話も断った。

そういう話をしたはずなのに、それがなぜ『こだわり派』になるというのか。

「そう？　全試合、面での勝ち。決勝で出した奥の手も片手での面。もし本当にこだわりがなかったら、小手とか胴を打った方が楽な試合もあったんじゃないかな？　楢崎ちゃんは面を打って勝つことにこだわりがあるから、勝ち方もそうなったんじゃないのかな？」

いつもの子供っぽさはそのままに飄々と、なにもかも見透かしたように晴花は言う。

「…………」

紅葉は反論できなかった。

言われてみればその通りなのだ。

毎回決め技が同じでは警戒されるというのに、なぜ全て面で勝ったのか。

相手が面を警戒するというのなら、面を打つと見せかけて違う場所を狙う方がいいはずだ。

勝つことだけを目的とするなら、その方が効率的というものだ。

それでもなお面で勝つということを選択したのなら、こだわりがあるからに他ならないだろう。

つまり紅葉は、自覚なく固執していたのだ。

「んじゃ、また明日。ばいばーい」

晴花はひらひらと手を振ると、呆然とする紅葉に頓着することなく帰って行った。

球技大会から数日過ぎた、土曜日——

「秋月(あきづき)さんたちが遠慮していた打ち上げをやろうっていうのを断って、なにを始めるのかと思いきや……」

いつもの矢絣袴(やがすりはかま)に着替えて空也の自宅兼喫茶店に入ったファティマは、小さく嘆息した。

「鉢植えトマトでも育てるつもりですか?」

そう言うのも無理はない。

なにしろ空也はテーブルに敷いたシートの上に、小さな鉢植えを置いていたのだ。

「そこまでトマト好きではない。んー……こんなものでいいのかな……」

上の空で答えた空也は、本を片手に調べながらやっているらしい。

無駄に博識な彼としては、随分と珍しいことだった。

「というか、教えてくださいよ。可愛(かわい)い婚約者をほったらかしにして、なにをやってるんですか」

言いながらファティマは、彼の横から本を覗(のぞ)き込んだ。

「祖母(ばあ)ちゃんが、苗になるまでは自分たちで育てろだとさ」

「なんでまた桐(きり)を……」

書かれた内容の通り、空也は桐の種を埋めていたらしい。

「今はもう廃れた風習だが……」

出来映えに満足したのか、空也は軽い音を立てて本を閉じる。

別になんということのない仕草だが、どうしようもなく様になっていた。

「女の子が生まれたら、桐を植える習わしがあったのだ」

「健康祈願のおまじないかなにかですか?」

「嫁入り道具の材料にするためだ」

こういった知識は持っているらしく、空也は淀みなくファティマの問いに即答した。

「桐はおよそ十四年で成木する。普通に考えれば十四年もだが、木材としては素晴らしい速度だ。しかも桐は素材としても優れている、言うことなしだ」

「それを植えろと言うことはつまり、小縁さんは十四年は結婚するなと暗に言っているのでは……」

言いながらファティマは計算する。

今自分は十六歳だ。十四年後は当然、三十歳となっている。

晩婚化が進んでいる昨今となればそう遅い年齢でもないし、しばらく恋人関係を続けるというのも悪くない気もするが……それにしても、長すぎる。

「いくら祖母ちゃんでも、さすがにそこまで気は長くない……と、思う」

断言を避けた空也は、苦笑してから続けた。

「単に、久礼の娘としてお前を嫁に出すという意思表示だろう。海外なら、家族が増えたら椅子とロバを用意したのだろうが、日本の古風に則るとこうなるというわけだ――ああ、お前用の椅子を新調するのもいいかもしれん」

「今の椅子で満足してますよ」

ふと思いついたように付け足した空也に、ファティマは首を振った。

最近はそうでもなくなってきたが、ファティマは元々引きこもり気質なのだ。

長時間座ってても疲れないよう選んで買ったものを、ちゃんと引っ越しの際に持ってきたのだ。

「それにしても香良洲くん、大きくなったら庭に植え替えるんですか？」

「いや、その前には業者に預ける。ほら、祭りでリボンを売ってもらったあの爺さん、あのひとだ。あのひとに育ててもらって、加工までしてもらう――まあ、なんだ。自分たちの桐で箪笥を作ってもらうというのもなかなか魅力的な話ではあるのだが……」

セリフを切った空也は照れくさそうな笑みを浮かべて、言葉を継ぐ。

「俺も十四年は長いと思う。ここはひとつ、髪飾りかなにかの小物で手を打ってもらえないだろうか」

あとがき

久方ぶりです、千羽十訊(ちばじゅうじん)でございます。

二冊目です。普段は言わないことですが、頑張りました。

ええ、そりゃもう大変でしたとも。ＰＣが壊れたのは買い直せばいいだけのことなんですが、登録していた単語とか変換のクセとか移植し忘れてて……あ、なんか今、もの凄く小説家っぽいこと言ってる。


ともあれ。

恒例のキャラ紹介、今回は誰にしましょうかね……秋月晴花(あきづきはるか)にしましょうか。五十音順で。

と、いうわけで、秋月晴花です。

よくある『小っちゃい同級生』キャラ。

……あ、終わったらいけないですね。

シンプルに面倒な内面を持ったキャラです。輪の内側にいるけど、一番遠いところにいるタイプで、動かすのは楽です。ただ気を抜くと、小っちゃいだけのキャラになってしまうのがなんとも……見透かしたことを言わせればいいってわけでもないし……結局は扱いづらいキャラですね。

ちなみにこの話に出てくる主人公と同年代のキャラクターは、基本的にどこかしら普通からズレるようにデザインしてあるんですが……とはいえ、人間なんてそんなもんじゃないですかね。

お約束としてある『普通』の振る舞いってのを演じてられればいいんです。


では、ここからは謝辞。

イラスト担当のミュシャ様。また適当この上ない指定でキャラクターのイラストデザインを起こしていただき、ありがとうございます。

そして営業様から印刷所、書店の皆々様といった関わってくださった方、無論手にとってくださった方々全てに、ありったけの感謝を捧げます。

あなた様方がいなくては、この本が世に出ることはありませんでした。

それでは、次の巻でまた会えることを祈りつつ、今はこれにて。

二〇二二年十一月　千羽十訊

ファンレター、作品の
ご感想をお待ちしています

〈あて先〉

〒106－0032
東京都港区六本木2－4－5
SBクリエイティブ（株）
GA文庫編集部 気付

「千羽十訊先生」係
「ミュシャ先生」係

本書に関するご意見・ご感想は
右のQRコードよりお寄せください。

※アクセスの際や登録時に発生する通信費等はご負担ください。

https://ga.sbcr.jp/

冷たい孤高の転校生は放課後、合鍵回して甘デレる。2

発　行　　2022年12月31日　初版第一刷発行
著　者　　千羽十訊
発行人　　小川　淳

発行所　　SBクリエイティブ株式会社
〒106−0032
東京都港区六本木2−4−5
電話　03−5549−1201
03−5549−1167（編集）

装　丁　　百足屋ユウコ＋フクシマナオ
（ムシカゴグラフィクス）
印刷・製本　中央精版印刷株式会社

ISBN978-4-8156-1257-3
Printed in Japan
GA 文庫

試読版は
こちら!

試読版は
こちら！